IL CONTE DI PEMBROKE

IL CIRCOLO DELLE CANAGLIE
LIBRO VII

LAUREN SMITH

Traduzione di
CECILIA METTA

ISBN Ebook: 978-1-962760-61-4

ISBN: Print: 978-1-962760-62-1

Durante il giorno Londra era una città vivace con le carrozze che sfrecciavano lungo le strade acciottolate e le venditrici di fiori in cesti profumati mentre la folla curiosava nei negozi e faceva visita agli amici. Ma con il calar delle tenebre, dopo che il sole era sceso sotto l'orizzonte, le ombre potevano giocare brutti scherzi agli occhi di chi fosse abbastanza folle da camminare per le strade.

Ed io sono uno di quei folli.

Gillian Beaumont strizzò gli occhi verso il vicolo più vicino, deglutendo a fatica e trattenendo un urlo di paura ogni volta che le sembrava di scorgere qualcosa svolazzare nei *mews* come le ali di un pipistrello. La carrozza, che aveva preso per essere accompagnata nel quartiere di Temple Bar, si stava già allontanando, lasciandola sola. Le foglie dell'inizio dell'autunno strisciavano sul terreno, aggrappandosi alle sue gonne come ragni marroni, facendola sobbalzare. Afferrò l'abito sotto le ginocchia e scrollò il tessuto, cercando di far cadere le foglie secche dal vestito di raso viola scuro. Poi si guardò attorno. Si trovava sulla strada vicino alla Corte Reale di Giustizia e all'ingresso del negozio di tè *Twinings*.

Attraverso l'oscurità pesante intravide l'insegna dorata che recitava *Twinings*, e riuscì a malapena a distinguere i due gentiluomini cinesi scolpiti nella pietra sopra il nome del negozio. Nell'ombra, i loro volti sembravano feroci e Gillian distolse lo sguardo, rivolgendo l'attenzione all'alta forma nera della statua del grifone, che ora sembrava più un drago perché le ombre giocavano brutti scherzi ai suoi occhi.

In quel momento desiderò di stare di nuovo nel suo letto caldo per dormire e sognare un uomo in particolare e i baci rubati che avevano condiviso e che continuavano a farsi strada nella sua mente.

James Fordyce. Il conte di Pembroke era un gentiluomo affascinante con un cuore d'oro e gli occhi marroni più caldi che Gillian avesse mai visto. Poteva ancora sentire le mani del giovane infilarsi tra le ciocche dei suoi capelli scuri mentre la baciava nell'angolo di una libreria e le sussurrava poesie. Era tutto ciò che Gillian aveva sognato ma che non aveva mai potuto avere. Era una serva e non poteva essere altro che questo. Una fitta al petto le tolse il fiato, ma raddrizzò le spalle, scrollando il dolore, com'era stata addestrata a fare per molti anni.

Per quanto sognare James fosse pericoloso per il suo equilibrio, era molto più sicuro di quello in cui era impegnata al momento: dare la caccia alla sua selvaggia e testarda padrona, Audrey Sheridan.

Proprio quella notte, Audrey stava cercando di smascherare un gruppo di furfanti, noti come gli *Empi Peccatori dell'Inferno*, che appartenevano a un *hellfire club*. Un nome così terrificante per un gruppo terribile di gentiluomini. Come cameriera di una signora, i suoi compiti avrebbero dovuto limitarsi a vestire Audrey, prepararla per la giornata e trovare nuovi modi per acconciarle i capelli. *Non* avrebbe dovuto aggirarsi per lo Strand dopo il tramonto, indossando una maschera e un abito da sera viola scuro con un corpetto incredibilmente scollato, alla ricerca di un gruppo di uomini pericolosi che si diceva seducessero le vergini e facessero sacrifici al diavolo.

«Cielo, Audrey, in che cosa ci hai cacciate?» mormorò Gillian tra sé e sé. Esaminò frettolosamente gli indirizzi degli edifici vicini, ricordando l'ubicazione da una lettera che Audrey le aveva mostrato quella mattina e che conteneva le indicazioni per il club.

La lettera spiegava che il locale si trovava all'interno di un edificio alto e bianco, a due porte di distanza dal negozio di tè. Il battente della porta rappresentava il volto di un gargoyle di ferro che sogghignava a tutti i visitatori. Una volta raggiunto l'edificio piuttosto anonimo, che si supponeva ospitasse un covo di adoratori del diavolo, Gillian studiò la porta. Il suo cuore sussultò, mentre il nervosismo minacciava di bloccarla.

Non aveva altra scelta che entrare. Audrey, la sua padrona ribelle, era anche sua amica e quella sera le aveva promesso che non sarebbe andata in quel posto. Tuttavia, quando Gillian si era svegliata e si era accorta che Audrey era scomparsa, sapeva dove dovesse essere andata la sua padrona.

Mi ha mentito. Senza dubbio per la stupida idea di proteggermi, ma non è così.

Gillian si sarebbe lanciata nelle fiamme dell'inferno per proteggere la sua padrona. Avevano la stessa età, solo diciannove anni, e in un'altra vita avrebbero potuto essere amiche intime, incontrarsi per il tè da Gunter o andare insieme ai balli.

In un'altra vita... Se fosse stata l'erede legittima del patrimonio del padre defunto invece che la figlia dell'amante di un conte.

Il suo fratellastro, Adam, ora era il Conte di Morrey e la sua sorellastra, Caroline, non sapeva nemmeno della sua esistenza. Il defunto Conte di Morrey era stato attento a mantenere la sua amante di lunga data, la madre di Gillian, ben sistemata in una casa a Mayfair e si era persino occupato dell'istruzione di Gillian, ma anche con questi aiuti il futuro della giovane era stato piuttosto limitato.

Gillian sollevò una mano guantata verso il grottesco gargoyle e batté due volte il battente. Il fiato le si fermò nei polmoni e aspettò con il corpo tremante al pensiero della natura degli uomini all'interno. Quando finalmente la porta si aprì, un maggiordomo dalla faccia truce la squadrò dalla testa ai piedi, prima di arricciare le labbra in un sorriso crudele.

«Un po' in ritardo, ma non importa. Stasera hanno così tanta energia da potersi occupare di *tutte* le signore.» Le fece cenno di entrare. Gillian esitò prima di fare un timido passo avanti. Le si accapponò la pelle quando il maggiordomo le si avvicinò troppo e chiuse la porta, bloccandola all'interno. La giovane cercò di non pensare a ciò che quel saluto potesse significare.

«Da questa parte.» Il maggiordomo la condusse lungo il corridoio fino a una porta che aprì per farla entrare. Il salotto, se così si poteva chiamare, era decorato in modo stravagante con mobili di broccato scuro e pareti di raso rosso. Quegli uomini ambigui stavano certamente cercando di creare un'atmosfera peccaminosa e seducente, ma più che di buon gusto, sembrava grossolana. Eppure erano chiaramente pronti ad accogliere gli ospiti. Il camino era acceso e sul tavolo c'era un vassoio per il tè.

«Appena fatto» le assicurò il maggiordomo. «Serviti pure. Quando saranno pronti, sarai convocata.»

Gillian ringraziò e si sistemò sul divano. Sollevò le mani per assicurarsi che la maschera non fosse scivolata. Era ancora ben fissata sul suo viso.

Dov'era Audrey?

Secondo gli altri domestici di casa Sheridan, Audrey era uscita mezz'ora prima che Gillian si svegliasse. La sua padrona aveva cercato la scorta protettiva di Charles Humphrey come aveva detto di voler fare? Gillian sperava vivamente di sì. Altrimenti, si stava mettendo in grave pericolo. Il conte di Lonsdale era un gentiluomo estremamente affidabile, ma aveva una reputazione peccaminosa che gli avrebbe permesso di entrare in quel club.

All'inizio della giornata Gillian e Audrey erano state avvertite da un uomo di loro conoscenza di non recarsi quella sera all'*hellfire club*. Uno dei membri, Gerald Langley, aveva giurato vendetta nei confronti di Audrey, o meglio, di Lady Society, il nome di penna che Audrey usava per scrivere su una rubrica. Audrey aveva distrutto la reputazione di quell'uomo. Le accuse nella rubrica di Lady Society erano state accurate e veritiere, ma l'atteggiamento deciso di tutto il *ton* contro Langley lo aveva reso desideroso di vendetta.

Per fortuna quell'uomo non sapeva che Audrey fosse Lady Society; almeno quella era una piccola benedizione. Ma Audrey e Gillian erano state avvertite che Langley avrebbe attirato Lady Society nella sua tana del diavolo con la minaccia, tra le altre cose, di abusare di giovani vergini contro la loro volontà, e Audrey non era il tipo di donna che si tirava indietro di fronte a una sfida. Quella mattina le due giovani avevano elaborato un piano: avrebbero contattato alcune donne di quello stupido *hell-*

fire club e avrebbero preso il loro posto in cambio di un compenso adeguato. Tuttavia, dopo le avventure della giornata e i pericoli che Gillian aveva affrontato quando un uomo l'aveva aggredita, un uomo che lei sospettava, fosse in combutta con Gerald Langley, Audrey aveva promesso di abbandonare il piano di andare al club quella sera. Eppure, quando Gillian si era svegliata, aveva scoperto che la sua padrona era scomparsa. Audrey aveva contattato una di quelle donne? Sicuramente sì.

Gillian si alzò e iniziò a camminare per la stanza, con la preoccupazione che le attanagliava la bocca dello stomaco. Non le piaceva stare da sola e ancor meno le piaceva non sapere dove fosse Audrey. Avrebbero dovuto essere lì insieme, ad affrontare fianco a fianco i pericoli di quel club. Si morse il labbro nervosamente e dopo un attimo decise di bere una tazza di tè. Preparò in fretta una tazza e la bevve, sperando di calmare i nervi. Poi la posò, odiando il sapore amaro e desiderando che ci fosse lo zucchero, ma non c'era nemmeno una brocca di latte. Solo dei veri diavoli avrebbero servito il tè senza il latte e lo zucchero.

Gillian non riusciva a ignorare il calore soffocante del fuoco. La casa intorno a lei era silenziosa, tranne che per l'abbaiare occasionale di una risata maschile in lontananza, proveniente da un'altra stanza. Ogni volta che sentiva quel suono, si irrigidiva.

All'improvviso una parte della parete si mosse, rivelando una porta. Ne uscì una figura in calzoni neri, camicia bianca e panciotto nero. Indossava una maschera rossa e nera a forma di diavolo.

«Buonasera, mia cara» disse l'uomo, tendendo una mano, le cui lunghe dita erano bianche e stranamente minacciose.

Gillian fece un respiro profondo. «La mia amica ed io dovevamo essere qui insieme. Indosserà un vestito rosso. È già arrivata?»

«Ah...» Le labbra dell'uomo si contrassero. «La signora con il vestito rosso. È qui che vi sta aspettando.» La maschera non riuscì a nascondere la crudeltà degli occhi dell'uomo e Gillian rabbrividì.

«Mi sta aspettando?» La giovane avrebbe voluto avere anche solo un lieve sentore di ciò che stava per accadere, ma non lo ebbe. Si stava buttando a capofitto in quel mondo oscuro e pericoloso.

L'uomo arricciò le dita della mano ancora aperta, facendole un cenno. «Sì, stiamo per iniziare il banchetto.»

Gillian si avvicinò all'uomo, che si abbassò e le prese una delle mani guantate. Lei gli permise di condurla nell'oscurità.

❦

James Fordyce, conte di Pembroke, fissava i tavoli da gioco nel ritrovo privato di quello che Londra sapeva esistere solo per sentito dire. Il *Club dei conti pecca-minosi*, i cui membri potevano essere identificati da una piccola spilla d'argento, appuntata sulla cravatta. Un tempo era un'associazione di uomini importanti e potenti che si riunivano in segreto per stringere accordi e ottenere favori, ma il loro scopo si era dissolto in un mondo più corrotto. Non era un luogo di malevolenza o di malvagità ma c'era un'oscurità di un certo tipo mentre James scrutava gli uomini intorno a lui, che tenevano gli occhi puntati sulle carte che giravano, sulle bottiglie, che abbondavano sui tavoli, e sulle donne occasionali, abbandonate lascivamente tra le braccia degli uomini, mostrando i seni per compiacere gli occhi di ogni uomo nella stanza. L'oscurità che derivava dalle anime perdute e spezzate.

Anime come la mia.

Una figura scura si profilò in fondo alla stanza e James la riconobbe: era il capo del loro club, il conte di Coventry, che gli rivolse un cenno silenzioso di saluto. James ricambiò e riprese a ispezionare la stanza. I ranghi del club si erano assottigliati negli ultimi anni e sorrise al pensiero che molti dei suoi amici si erano sposati. Il matrimonio con brave donne era un modo per tenere lontani gli uomini da club come quelli.

«Coventry sembra soddisfatto di sé» mormorò qualcuno accanto a lui. Alla sua sinistra Pembroke vide il suo amico Pierce Chamberlain, conte di Wainthorpe.

«Wainthorpe, non mi aspettavo di vederti, stasera.

Pensavo che fossi tra i fortunati che si crogiolano nella beatitudine coniugale.»

Wainthorpe fece un sorriso, accentuando la piccola ruga sulla tempia. «Acconsentirò alla beatitudine, ma se oserai dire una parola a qualcuno...» mormorò.

James ridacchiò alla reazione dell'amico. Wainthorpe si comportava in modo rude, ma era uno degli uomini dal cuore più tenero che James avesse mai conosciuto.

«Con me il tuo segreto è al sicuro» promise James. «Che cosa intendevi dire a proposito di Coventry?»

Wainthorpe incrociò le braccia e aggrottò le sopracciglia. «Ogni volta che uno di noi viene incatenato da una donna, il sorriso di Coventry va da un orecchio all'altro come se avesse avuto un ruolo nel matrimonio o ne stesse in qualche modo approfittando. Dannatamente strano.»

Per un istante nessuno dei due parlò. «Pembroke, che cosa ti porta qui stasera?»

«Cerco di affogare i miei dispiaceri» rispose James, sardonicamente, ma l'amarezza si aggrappava a quelle parole perché erano vere. Quel giorno aveva conosciuto una donna meravigliosa e poi l'aveva *persa*. Gillian Beaumont era per lui un vero e proprio mistero e temeva di non rivederla mai più.

«Oh Signore, vieni a bere qualcosa con me e raccontami tutto. Come uomo sposato, posso offrire solidi consigli sul gentil sesso. Però, nessuno di essi varrà mezzo penny.»

La battuta di Wainthorpe fece sorridere di nuovo James. Si sedettero a un tavolo abbastanza lontano dagli uomini che giocavano a carte per poter parlare senza essere distratti dai giochi. Su un vassoio d'argento c'era una bottiglia di scotch con alcuni bicchieri e Wainthorpe versò a entrambi una buona quantità di liquore. Fecero tintinnare i bicchieri, brindando, e ne bevvero un sorso.

«Allora sentiamo i tuoi dolori.»

James sospirò. «Oggi ho conosciuto una donna in una modisteria. Ero con mia sorella Letty e abbiamo fatto la conoscenza della signorina Gillian Beaumont. Non è che per caso la conosci?» Aveva passato la sera a chiedere a tutti i suoi conoscenti se quel nome fosse loro familiare, ma fino a quel momento nessuno gli aveva dato una risposta positiva.

«Beaumont?» Wainthorpe fece scorrere il nome sulla lingua, assaporandolo. «Conoscevo un uomo di nome Beaumont, il Conte di Morrey. Suo figlio, Adam, ora porta il titolo. Un tipo rispettabile. Sua sorella è piuttosto bella, ma si chiama Caroline. Non Gillian.»

«Una lontana cugina, forse?» si chiese James ad alta voce.

«Forse.» Wainthorpe si versò un altro bicchiere. «Potrei coinvolgere le mie cugine. Sono piuttosto brave a rintracciare le signore.»

James sbuffò. «Che Dio salvi chiunque cerchi di nascondersi dalle tue formidabili ma adorabili cugine.» Si affrettò ad aggiungere l'ultima parte per non turbare l'amico.

«Quindi quella donna ti ha ammaliato, giusto?»

«Sì.» *Ammaliato* era il modo giusto per definirlo. Dopo averle rubato qualche bacio in una libreria, poteva ancora sentire le labbra di lei contro le sue come una presenza fantasma, e quel sapore dolce lo perseguitava ancora. Se trovarla fosse stata solo una questione di curiosità guidata dalla lussuria, sarebbe stata una cosa, ma aveva la terribile sensazione che la giovane fosse in grave pericolo. E non poteva sopportare quel pensiero, non se era in suo potere proteggerla.

Quel pomeriggio l'aveva accompagnata a casa dopo che aveva ricevuto una lettera da Gunter. Quando l'aveva aiutata a scendere dalla carrozza, era stata aggredita da un uomo e la lettera era stata rubata. Quando l'aveva incalzata per avere i dettagli, lei si era rifiutata di condividere qualcosa con lui. Non aveva avuto altra scelta che accompagnarla a casa di un amico, il visconte Sheridan, e poi era sparita. Pembroke intendeva andare il giorno dopo da Cedric Sheridan per chiedergli chi fosse la sua ospite misteriosa e perché potesse essere in pericolo.

«Beh, potrai iniziare la tua ricerca domani? Non vorrai stare in giro per le strade, stasera. Gerald Langley, quello della rubrica Lady Society, si riunisce con l'*hellfire club* che gestisce. A volte quel gruppo diventa un po' indisciplinato e scende in strada. Chiunque si trovi sul loro cammino, può trovarsi in pericolo. Qualche mese fa hanno quasi ucciso un uomo. Erano pronti a gettarlo nel Tamigi finché non sono arrivati i Bow Street Runners.»

«Cosa? È terribile!» James ricordava di aver letto qualcosa su Langley. Quell'uomo aveva fatto una scommessa con... A James si gelò il sangue nelle vene. Langley aveva fatto una grossa scommessa con chiunque avesse sedotto una signora di nome Alexandra Rockford.

L'amico di James, Ambrose Worthing, aveva accettato la scommessa, ma solo per salvare la signora, e in seguito aveva confessato il coinvolgimento di Langley nella rubrica Lady Society. Quella rubrica aveva danneggiato irrimediabilmente il nome di Langley che aveva diffuso in città la voce che non solo avrebbe smascherato Lady Society, ma le avrebbe anche fatto del male.

E quel giorno Ambrose Worthing aveva consegnato a Gillian un biglietto che l'aveva fatta aggredire. *Sicuramente... non può essere Lady Society?*

«Dove si riunisce *l'hellfire club* di Langley?» chiese James, pregando che Wainthorpe lo sapesse.

«Sullo Strand, o almeno così ho sentito dire. Brutti diavoli. A Langley piace attirare le vergini agli incontri con la promessa di trovare mariti facoltosi, e beh, sai...» Wainthorpe non finì la frase, ma il suo cipiglio serio disse a James tutto ciò che doveva sapere.

James balzò dalla sedia. «Devo andare. Grazie per il drink.»

«Dove stai andando?» Wainthorpe si alzò, con un'espressione preoccupata sul volto.

«A fermare Langley. Ho il sospetto che la mia misteriosa signorina Beaumont possa essere Lady Society.»

«Cosa?» Wainthorpe rimase a bocca aperta. «Hai bisogno che venga con te?»

«No, vai a casa da Bianca. Dio solo sa che confusione ci sarà stasera. Non voglio mettere a rischio la tua reputazione e sospetto che portare altre persone, potrebbe mettermi in pericolo.» James gli sorrise.

«Avvisa se hai bisogno di me» disse Wainthorpe mentre James lasciava il locale.

Pembroke chiamò una carrozza, scendendo di corsa i gradini del club, e disse al cocchiere di accompagnarlo allo Strand. Pregava solo di non arrivare troppo tardi.

2

Quando James raggiunse lo Strand, scrutò le strade e gli edifici bui. La paura per Gillian gli divampò dentro come una tempesta che si scatenava al vento. Era una signorina di buona famiglia che non avrebbe dovuto affrontare gli orrori di un *hellfire club*, soprattutto se i membri avessero saputo che era Lady Society. Pur confidando che la giovane potesse badare a sé stessa, James temeva che, senza saperlo, Gillian stesse per cadere in una trappola. Doveva trovarla prima che le accadesse qualcosa.

Con un po' di fortuna, Gillian non sarebbe stata lì e James avrebbe trascorso il resto della notte a guardare qualche pazzo fingere di celebrare una messa nera e di adorare il diavolo. Pregò ardentemente che fosse la seconda.

Intravide un uomo camminare per strada con un mantello nero e una maschera. Era senza dubbio un membro dell'*Hellfire*. L'uomo si fermò, lanciando un'occhiata in giro, prima di salire i gradini di uno degli edifici piuttosto anonimi della strada.

Lanciò alcune monete al cocchiere e si lanciò all'inseguimento della figura. Lo raggiunse proprio mentre stava per sollevare il battente. Gli venne in mente un solo modo per entrare, e non si pentì di agire in quel modo.

«Scusate» disse James.

L'uomo si girò di scatto, spaventato. «Ma che...»

Il pugno di James lo colpì in pieno sulla mascella. L'uomo cadde come un sasso e tacque. Trascinò l'uomo giù per i gradini e lo nascose dietro alcuni cespugli, piantati vicino all'ingresso. Fece scivolare la maschera dal volto dell'uomo e la abbassò sulla propria testa, prese il mantello e se lo allacciò intorno alle spalle.

Batté un pugno sulla porta, senza nemmeno preoccuparsi di bussare. Il suo cuore batteva forte mentre il silenzio della strada lo sommergeva con il suo sordo ruggito. Dopo quella che gli sembrò un'eternità, un uomo aprì la porta, un maggiordomo a quanto sembrava, ma che sembrava fin troppo arrogante, con un naso da falco e gli occhi neri come scarabei.

«Sì?»

«Sono qui... per il banchetto.» James pregò di essere vicino a qualsiasi assurdità in cui erano coinvolti quegli uomini. Il maggiordomo lo studiò per un lungo istante.

James si drizzò, pregando silenziosamente che il maggiordomo non si rendesse conto che non era un vero membro del club.

«Ah, voi dovete essere il *Signore dei Non Morti*. Siete in ritardo. Gli altri sono seduti al banchetto. Le signore sono arrivate e non vorrete perdervi i festeggiamenti.»

Signore dei Non Morti? James non sapeva se ridere o rabbrividire per quel titolo.

«Molto bene» mormorò Pembroke ed entrò in casa. Il maggiordomo lo osservava attentamente e lui aspettò che l'uomo gli indicasse dove andare.

«Non stare lì!» lo incitò Pembroke. «Mostrami la stanza.»

Quelle parole dure sgonfiarono l'arroganza dell'uomo che si mise sull'attenti e fece cenno a James di seguirlo lungo il corridoio.

«Chiedo scusa, mio signore. Credevo che conosceste la strada.»

«Ero ubriaco l'ultima volta che sono stato qui. Come faccio a ricordare?» Essere ubriachi fradici era sempre una scusa accettabile per non sapere cosa fosse successo in un impegno precedente. E un'incrollabile sicurezza di sé era in grado di evitare domande indesiderate.

Il volto del maggiordomo era ancora rubicondo quando aprì la porta della stanza designata. C'era un grande tavolo e una dozzina di uomini era seduta a bere. Almeno sei o sette bottiglie di vino vuote erano rovesciate sul tavolo. Le candele ardevano fioche e le ombre giocavano sulle pareti e sui volti degli uomini mascherati che bevevano e parlavano. La tavola era apparecchiata per la cena, ma non era stato ancora servito nulla.

L'ingresso di James passò inosservato e il conte scivolò con cautela lungo il lato della stanza, confondendosi nel gruppo di uomini. Rubò un calice vuoto dal tavolo e lo riempì di vino, fingendo di sorseggiare mentre alcuni uomini ridevano nel bel mezzo di una storia sconcia.

«Allora le ho detto che doveva lucidare il mio palo e lei mi ha risposto: 'Quale palo? Allora gliel'ho fatto vedere e, dannazione, è svenuta!» Gli uomini scoppiarono a ridere. Qualcuno diede una pacca sulla spalla di James, che sorrise, mostrando i denti in segno di sottile avvertimento. Ma nessuno sembrò accorgersi che non era uno di loro. Le maschere indossate offrivano un discreto livello di occultamento, e lui ne era grato. L'ultima cosa di cui aveva bisogno, era di essere associato a quei bastardi. Era tutta una patetica scusa per esplorare i loro lati più oscuri a rischio di distruggere l'innocenza.

«Signori!» La voce roboante di un uomo mise a tacere le storie e le risate. Tutti, compreso James, si voltarono verso l'uomo che stava a capo del lungo tavolo da pranzo. Il fuoco nel camino di marmo bianco alle sue spalle scattava e crepitava, e la luce delle fiamme dava alla silhouette dell'oratore un aspetto inquietante.

«Stasera abbiamo preparato un banchetto. Come ho accennato durante la nostra riunione precedente, abbiamo diverse ospiti *speciali*, alcune signore che conoscete bene. Desiderano ancora una volta partecipare alle arti oscure, e abbiamo due vergini deliziose che, gentilmente, si sono offerte di soddisfare il nostro bisogno di sangue d'innocenti.»

Si sollevarono sghignazzi crudeli, risate e battute sul furto della verginità di fanciulle. James strinse i pugni. Se avesse perso il controllo, avrebbe potuto strangolare qualcuno. L'innocenza di una donna non era una cosa su cui ridere e lui era certo che, chiunque fossero quelle giovani, non sapessero che stavano per essere gettate nella fossa dei leoni.

«Siete pronti?» chiese l'uomo. I presenti scoppiarono in applausi e fischi fastidiosi. La porta della sala da pranzo si aprì e sei dame entrarono nella stanza, seguite da un uomo che chiuse le porte alle loro spalle, sigillando tutti all'interno. Le signore furono accompagnate alle sedie rimaste vuote al tavolo.

«Amici miei, in qualità di *Signore della Lussuria*, permettetemi di presentarvi le nostre ospiti.» Il cosiddetto *Signore della Lussuria* iniziò a nominare ogni donna. James studiò le signore belle e formose sotto le loro maschere, ognuna delle quali sorrideva con fare civettuolo quando veniva chiamato il loro nome. La *Signora del Peccato*, la *Signora della Notte*, la *Signora del Desiderio Oscuro*... e così via. Ma il *Signore della Lussuria* si fermò quando arrivò alle ultime due.

C'erano una donna in abito rosso e un'altra in abito

viola e, nonostante le maschere che indossavano, nessuna delle due sembrava entusiasta di presenziare a quel banchetto, date le loro espressioni accigliate. Anzi, entrambe sembravano piuttosto spaventate, per il modo in cui le loro mani erano strette a pugno e i loro volti erano pallidi sotto le maschere.

Con un'ondata di terrore, James riconobbe l'abito viola. Era lo stesso abito che quel giorno aveva visto comprare a Gillian nella modisteria. L'immagine della giovane nel camerino con indosso quell'abito, lo perseguitava ancora. Non poteva dimenticare gli occhi grigi di Gillian o il modo in cui le sue labbra si erano socchiuse, rendendosi conto che lui la stava fissando semivestita.

La sua paura peggiore si era avverata. *Gillian Beaumont* - la sua bella e misteriosa Gillian - era seduta a un tavolo, circondata da uomini della peggior specie, uomini che volevano avere la possibilità di costringerla ad avere un rapporto sessuale.

Sul mio cadavere, giurò James.

«Ora, ultima ma non meno importante, abbiamo tra noi un'ospite molto stimata. Vi ricordate la penna velenosa e spregiudicata di quella regina delle puttane che si fa chiamare Lady Society?» chiese il *Signore della Lussuria*. Gli uomini intorno a lui fecero un cenno di disappunto e alcuni batterono i pugni sul tavolo. Gillian e l'altra donna sobbalzarono leggermente sulle loro sedie.

«Beh, stasera ho preparato la trappola perfetta e ho attirato Lady Society stessa alla mia porta. L'altra sera, a un ballo, mi sono lasciato sfuggire che stasera ci saremmo radunati e che lei non avrebbe voluto perdersi il nostro intrattenimento.» Il *Signore della Lussuria* si avvicinò lentamente alle due donne. «Ma, mi chiedo, quale delle due è Lady Society?» pensò ad alta voce. «Suppongo che non abbia importanza. Avremo il piacere di avervi entrambe.» Schioccò le dita e, all'improvviso, gli uomini ai lati delle signore afferrarono loro le braccia, spingendole dietro le sedie e avvolgendo delle corde ai loro polsi.

«Come osate, signor Langley!» esclamò la donna vestita di rosso, digrignando violentemente i denti bianchi, come un tasso deciso ad attaccare. «Farò di più che scrivere un dannato articolo per distruggervi. Servirò le vostre palle su un vassoio d'argento!» Dove James aveva già sentito quella voce?

Per l'amor del cielo! Quella giovane era Audrey, la sorella minore del visconte Sheridan. Che cosa ci faceva lì? James rivolse un'occhiata a Gillian, che si mordeva il labbro e scuoteva i lacci, cercando di liberarsi.

«Come oso? Mia cara signora» ringhiò il *Signore della Lussuria*, «siete venuta qua di vostra spontanea volontà. Nessuno vi ha costretta. Oserei dire che sono in pochi ad avere compassione per una donna che si è recata di *sua spontanea volontà* in un *hellfire club*. La vostra reputazione non avrà valore e la vostra parola non potrà essere stampata. E questo è solo l'inizio di ciò che stasera ho in serbo per voi. Avete distrutto la mia famiglia, il mio nome, tutto! E per questo io distruggerò voi!»

«Avete avuto solo quello che vi siete meritato, bastardo!» esclamò Audrey con una ferocia sorprendente per una donna così piccola e dall'aspetto così delicato.

«E voi avete la bocca di una puttana» ringhiò il signore. «Ho intenzione di trattarvi come tale.»

Le due donne spalancarono la bocca, inorridite. James si aggrappò ai braccioli della sedia, in preda ai nervi. Doveva pensare a un piano che non mettesse a rischio le due giovani. Non era contrario a una bella rissa, ma non gli piacevano le probabilità contro di lui.

«Imbavagliatele. Desidero il silenzio mentre ci godiamo il nostro banchetto.» Il *Signore della Lussuria* schioccò le dita e gli uomini ai lati di Audrey e Gillian infilarono dei fazzoletti in bocca alle ragazze, soffocando le minacce che la signorina Sheridan cercava di lanciare.

James notò che Audrey si era rivolta al *Signore della Lussuria* chiamandolo Langley. Wainthorpe aveva ragione: il capo diabolico di quella banda di pazzi era Gerald Langley. L'uomo ripugnante e odioso che aveva dato tanti problemi ad Ambrose Worthing e alla sua amata moglie. Lo sguardo folle di Langley dimostrava chiaramente che era fuori di testa. Qualunque cosa James avesse fatto quella sera per aiutare Audrey, Gillian sarebbe stata maggiormente in pericolo. Langley non avrebbe permesso loro di uscire indenni, non quando Audrey e Gillian avevano reso i festeggiamenti di quella sera così personali per quell'uomo. Voleva del sangue, forse anche una vita, se lei non fosse riuscita a tenere a freno il suo temperamento.

«Ora» continuò Langley, ridacchiando. «Sono affamato.» Prese un campanello e lo suonò. Un attimo dopo entrarono alcuni camerieri con i vassoi con le prime portate.

«Mio signore, che ne dite di...?» Uno degli uomini indicò l'unica sedia vuota rimasta al tavolo.

«Oh, giusto.» Langley sospirò infastidito e fece un cenno a uno dei camerieri più vicini. «Fate entrare *Sua Malvagità*.»

James si irrigidì, chiedendosi quale nuovo orrore potessero creare quegli uomini, ma rise quasi di gusto quando il cameriere tornò con un grosso gatto nero e lo posò sul tavolo, offrendogli un piatto di cibo. Il felino si accucciò, i suoi occhi gialli osservarono tutte le persone presenti nella stanza prima di chinare cautamente la testa verso il piatto e iniziare a mangiare.

«Vi presento il nostro ospite, Lady Society! È il membro più anziano» annunciò Langley con tono solenne. «*Antico*, si potrebbe dire.»

Antico? James inclinò la testa e poi capì. *Sua Malvagità*... antico... Langley e il suo branco di folli seguaci credevano che il gatto fosse il diavolo in persona? *Buon Dio*. Era peggio di quanto temesse. Quegli uomini non andavano in giro solo a bere, copulare e fingere di adorare il diavolo: ci credevano. Erano veramente pazzi.

James continuò a stare al gioco, mangiando il cibo

che gli veniva servito, ma non riusciva a distogliere lo sguardo da Gillian. Il volto della giovane era cinereo e si muoveva a malapena, a parte un lieve irrigidimento delle braccia scoperte. Sembrava che stesse lottando contro i lacci, in silenzio, con attenzione. Fino a quel momento nessun altro sembrava averlo notato. Era una creatura intelligente, molto, e per questo lui le era grato. Gillian avrebbe mantenuto la calma se le cose si fossero complicate, come quasi certamente sarebbe accaduto. James bevve un altro sorso di vino dal suo calice, ascoltando solo a metà gli uomini intorno a lui che si vantavano di come avessero intenzione di godersi la serata.

Le donne, a parte Audrey e Gillian, erano abbastanza disponibili e affabili con i membri del club, il che significava che James non aveva bisogno di aggiungerle alla lista delle donzelle da salvare. Quasi sorrise. Quel giorno, mentre cercava di salvare Gillian da un uomo che l'aveva aggredita per rubarle una lettera che la avvisava di quella serata, lei gli aveva detto con molta enfasi che non era una donzella da salvare.

Uno degli uomini vicini a Langley distolse l'attenzione di James da Gillian e, giocherellando con la forchetta, con un'espressione corrucciata, spostò lo sguardo lungo il tavolo verso le due giovani trattenute. Il volto dell'uomo era nascosto parzialmente da una maschera, come quella di James, ma i capelli biondi e gli occhi verdi gli erano familiari. L'uomo non mangiava né beveva come gli altri, e i suoi occhi continuavano a concentrarsi sulle due donne. Invece di apparire come un uomo pronto a predare le donne, sembrava...

James catturò lo sguardo dell'uomo che lo fissò. Vi intravide un'espressione turbata e capì che lo aveva riconosciuto. Ora sapeva chi fosse quell'uomo.

Pembroke conosceva solo una persona che corrispondeva al profilo di quell'uomo. Jonathan St. Laurent. Il fratellastro minore del famigerato Duca di Essex, uno dei suoi amici, era un membro di quel club? Quel giovane gli era piuttosto simpatico, ma, se James avesse scoperto che era coinvolto in quegli atti oscuri, lo avrebbe strozzato con le sue stesse mani.

Mentre il banchetto volgeva al termine, Langley si alzò, estrasse un paio di dadi dalla tasca della giacca e li tenne in mano.

«Ognuno di noi lancerà i dadi sacri per determinare chi avrà la gioia di portarsi a letto la giovane con l'abito viola. Poi li lanceremo per Lady Society. Ma state tranquilli, abbiamo tutta la notte a disposizione e ogni uomo avrà una possibilità con *entrambe* le signore.»

Audrey dondolava selvaggiamente sulla sedia, le sue grida erano soffocate dal bavaglio.

James lanciò un'occhiata a Jonathan e vide un lampo di fuoco furioso negli occhi del giovane. Forse si era sbagliato. Forse Saint Laurent era lì come lui, per aiutare?

I dadi passarono di mano in mano, ognuno li tirava e poi imprecava o urlava quando i numeri cadevano sul tavolo. Se James fosse riuscito a ottenere il numero più alto per Gillian, avrebbe potuto portarla al sicuro e tornare a prendere Audrey. Se avesse dovuto combattere, sarebbe stato più facile proteggere una donna piuttosto che due.

Quando gli porsero i dadi, trattenne il fiato e si alzò in piedi. Incontrò lo sguardo di Gillian, desiderando che lei sapesse che lui era lì, che non stava affrontando quell'orrore da sola. Gettò i dadi sul tavolo e chiuse gli occhi per un breve istante, finché cessò il rumore dei dadi che sbattevano contro il legno.

«Dodici!» ruggì l'uomo. «Santo cielo, siete un bastardo fortunato!» Il suo vicino lo colpì sul braccio.

«Sembra che abbiamo il nostro vincitore.» Langley gli sorrise. «Portate il vostro bel premio in una delle stanze al piano superiore. Vi concedo mezz'ora e poi faremo un giro per vedere chi sarà il prossimo.»

James inspirò lentamente, sentendo la testa girargli un po'. Almeno sarebbe riuscito a portare Gillian fuori da quella stanza. Mentre si avvicinava a Gillian, sorrise agli uomini che lo circondavano, fingendo di godersi le congratulazioni. L'uomo accanto alla giovane allentò le corde che le legavano i polsi, la sollevò dalla sedia, le diede uno schiaffo sul sedere e Gillian gridò, con gli occhi grigi che lampeggiavano di vendetta. James si trattenne a stento dallo stendere quell'uomo.

Devo continuare a fingere.

Se avessero sospettato che non era uno di loro, lui e

Gillian non avrebbero avuto alcuna possibilità. Le afferrò il gomito, con fare deciso, ma la sua presa era delicata.

«Da questa parte, mia cara» mormorò Pembroke, dandole un po' di tempo.

Alle loro spalle James sentì un rumore di sputi e udì Audrey gridare: «Toccatela e vi ucciderò.» Si era tolta il bavaglio dalla bocca. Il conte avrebbe voluto poterla rassicurare che la sua amica sarebbe stata al sicuro, ma non c'era modo. St. Laurent si alzò in piedi e le urlò contro: «Tenete a freno la lingua, o farò un uso migliore della vostra bocca.» Saint Laurent rivolse a James un cenno di assenso, come per incoraggiarlo ad andarsene finché ne aveva la possibilità.

Gillian si dibatteva, cercando di liberarsi dalla presa ma Pembroke si mosse rapidamente, trascinandola nel corridoio prima di sbattere la porta alle loro spalle. Fece solo due passi prima che un delicato piede stivalato lo facesse inciampare e cadere a terra. La giovane balzò sul corpo a terra di James in uno sventolio selvaggio di gonne viola e sottovesti bianche e fuggì lungo il corridoio.

«Gillian, aspettate!» mormorò Pembroke, lottando per alzarsi. La giovane si bloccò in fondo al corridoio e lo fissò. Imprecando, James si tolse la maschera, esponendo il viso.

«Lord Pembroke?» sussurrò Gillian. «Voi... voi fate parte di questi degenerati...»

«No!» James appoggiò una mano al muro per fissarla,

temendo che la giovane potesse scappare. «Ho sentito che Langley stava dando la caccia a Lady Society e mi sono ricordato dell'incidente in cui siete stata coinvolta oggi pomeriggio. Pensavo di aver messo insieme i pezzi, ma voi non siete Lady Society, dopo tutto. È la signorina Sheridan, vero?»

Gillian gettò la maschera a terra, sospirando pesantemente.

«Sì, ma non dovete dirlo a nessuno.» Tornò da lui e lo fissò, con occhi imploranti.

«Non tradirei mai né voi né qualsiasi cosa voi mi abbiate detto in confidenza» giurò il giovane. «Ma in questo momento la vostra amica è in grave pericolo e c'è la possibilità che stasera quegli uomini riconoscano lei e voi. Dobbiamo uscire da qui. Poi potrò tornare dalla signorina Sheridan. St. Laurent è lì dentro con lei, ma temo che i dadi non lo favoriscano.»

«St. Laurent? Jonathan è qui?»

«Sì. E non ho dubbi che Langley e i suoi uomini lo ucciderebbero, se si mettesse sulla loro strada. E lo faranno. Adesso devo portarvi fuori...»

L'esplosione improvvisa di un colpo di pistola causò il caos. Le porte della sala da pranzo si spalancarono e diverse signore si precipitarono nel corridoio, sbattendo Gillian contro il muro. James imprecò, vedendo la testa della giovane colpire il muro e lei accasciarsi a terra. Si precipitò verso di lei, ma un grido lo fermò.

«Fermatevi o vi pianto una pallottola nella schiena!»

La minaccia di Langley fu seguita da una canna di pistola che scavò tra le scapole del conte.

James espirò lentamente, fissando Gillian, che si stava inginocchiando, portandosi una mano alla testa. Alle sue spalle, avvertì il rumore di uomini che si picchiavano nella sala da pranzo. St. Laurent stava usando i suoi pugni. James quasi sorrise. Chiunque stesse affrontando le mani nude di quell'uomo, non sarebbe rimasto in piedi a lungo. Si era allenato con i migliori.

«Aspettate... io vi conosco. Allora come ha fatto il conte di Pembroke a entrare nel mio piccolo club senza invito?» gli chiese Langley.

«Una terribile falla nella sicurezza, per esempio.»

Langley questa volta gli conficcò la canna sulla nuca. «Zitto!»

James aveva pochi secondi per agire, una sola possibilità di muoversi nel modo giusto. Scattò a destra e la canna gli scivolò via dal collo mentre si accovacciava e si girava. La pistola sparò, ma il proiettile si conficcò nel soffitto, facendo cadere una pioggia di intonaco intorno a lui e a Langley.

James ruggì, placcò l'avversario a terra e gli strappò la pistola dalle mani. Durante la lotta la maschera di Langley cadde e i suoi occhi scintillarono pericolosamente.

«Non lo permetterò! Non potete entrare nel mio club...»

James gli sferrò un pugno in faccia e l'avversario cadde a terra.

«L'ho fatto e lo rifarei, bastardo» mormorò James.

Pembroke alzò lo sguardo, scrutando attraverso le porte semiaperte della sala da pranzo. Vide solo Audrey stringere un gatto nero miagolante e Jonathan tirare pugni in ogni direzione. Audrey notò James.

«Lord Pembroke! Cielo! Sono così felice di vedervi! Dov'è Gillian?»

James fece un cenno frettoloso alle sue spalle, prima di voltarsi verso Gillian. Era seduta contro il muro, con la testa tra le mani, il sangue che le colava sulla guancia, e Pembroke si rese conto con orrore che una parte del soffitto le era caduta addosso.

«Signorina Beaumont...» Si inginocchiò accanto alla giovane, prendendole il viso tra le mani.

«Mio signore... non mi sento bene» disse Gillian, stordita.

«Lo so, tesoro, lo so.» James fece una smorfia, esaminandola. Doveva essere visitata immediatamente da un medico.

«Aspettate qui. La signorina Sheridan e St. Laurent hanno bisogno di aiuto.» Gli dispiaceva lasciarla ma Jonathan non poteva sperare di respingere da solo tutti quei mascalzoni. Una volta accertato che l'altro uomo stesse bene, James sarebbe tornato subito da Gillian.

«Andate. Starò bene» gli promise. James si avvicinò e

la baciò rapidamente sulle labbra prima di correre nella mischia della sala da pranzo.

3

Tutto sembrava essere un po' confuso. Gillian guardò James precipitarsi nella sala da pranzo. Si muoveva con una rapidità e una disinvoltura sorprendenti, come se fosse abituato a combattere i tirapiedi di un *hellfire club*. Quel giorno le aveva mostrato il suo lato dolce, irresistibile e fin troppo seducente, ma ora vedeva un guerriero davanti a sé.

Cercò di camminare verso di lui, ma inciampò. Sentiva i piedi impacciati e guardò a terra. Sbatté le palpebre per lenire il dolore alla testa e, con una strana sensazione di lontananza, notò che il bellissimo abito viola che indossava era strappato e... era sangue quello spalmato sul corpetto? *Cielo... di chi era quel sangue?* Il rumore della lotta riportò la sua attenzione alla sala da pranzo e alzò lo sguardo.

Rimase a bocca aperta vedendo James afferrare un

uomo e scaraventarlo sul tavolo mentre lottava per raggiungere Jonathan. Audrey si trovava in un angolo della sala da pranzo, con un gatto nero in braccio e un attizzatoio da caminetto in una mano. Aveva di fronte un ubriacone che incespicava verso di lei. Audrey brandì l'attizzatoio come un maestro di scherma affronterebbe un avversario. Colpì con forza e, con un colpo secco, fece cadere l'uomo a terra. Poi si lanciò nel corridoio, tenendo ancora il felino sotto un braccio. *Che diavolo sta facendo Audrey con un gatto e...*

«Gillian?» gridò Audrey, vedendola seduta nel corridoio. «Stai bene?»

«S-sì.» Gillian inciampò verso la sua padrona, e fu allora che sentì qualcosa di appiccicoso colarle sulla guancia. Sollevò una mano e si toccò il viso. La sua mano era ricoperta di sangue. La vista del liquido scarlatto sul palmo della sua mano la fece trasalire. Era *lei* a sanguinare?

Si voltò verso la sua padrona in tempo per vedere Jonathan aiutare Audrey e il gatto a scavalcare la finestra aperta. Scomparvero nella notte. Improvvisamente comparve James, che la prese per mano.

«È ora di andare. Riuscite a correre?»

«Penso di sì» rispose la giovane, contenta che lui la stesse trascinando, perché sembrava che, dopo tutto, lei non avesse le forze.

«Perché sono usciti dalla finestra?» chiese, precipitandosi con James lungo il corridoio. La strada che conduceva alla sala da pranzo era bloccata perché gli uomini stavano arrivando velocemente alle loro spalle, ma per il momento non li avevano ancora visti.

«Hanno avuto la possibilità di uscire da quella parte. È meglio se ci dividiamo, così possiamo nasconderci più facilmente nell'ombra e attirare meno l'attenzione. Conosco un'altra via d'uscita. Molte di queste vecchie case hanno la stessa pianta...» James si fermò alla fine del corridoio e spinse la porta tanto forte da farla sbattere contro il muro. Arrivarono nelle cucine, dove una donna dall'aspetto burbero con un grembiule unto li fissò.

«Ehi! Che ci fate qui?» chiese loro la cuoca.

James non si preoccupò di rispondere; si diresse semplicemente verso la porta in fondo. Gillian lo seguì, schivando pentole e tossendo mentre il vapore le riempiva i polmoni. Uscirono in un vicolo buio e James la condusse frettolosamente in strada, dove chiamò una carrozza che stava passando. Gridò un indirizzo all'autista.

«E altri dieci scellini se ci portate via da questa strada maledetta» aggiunse Pembroke.

«Posso farlo!» esclamò il vecchio autista.

James sollevò Gillian nella carrozza e la adagiò delicatamente sul sedile. Il veicolo partì e lei cadde contro James che la prese, impedendole di cadere a terra.

«Sono qui» disse Pembroke. La serata era stata completamente confusa, eppure il fatto che lui la tenesse stretta, sembrò riportare la giovane alla realtà. Solo allora riuscì finalmente a riprendere fiato.

«Mio signore, che cosa stavate facendo lì?» Gillian sollevò la mano per toccarsi la testa dolorante.

«Vi stavo salvando, non che abbia fatto un buon lavoro. Attenta» rispose Pembroke, afferrandole la mano e allontanandogliela delicatamente dalla tempia. «State sanguinando.»

«Veramente non avevo bisogno di essere salvata» gli ricordò, anche se era pienamente consapevole di quanto suonasse ridicolo, vista la situazione in cui si era trovata.

Inseguire la sua padrona in un *hellfire club*, e per giunta in una trappola, non era stato uno dei suoi momenti più brillanti, e Gillian disprezzava la sua stessa follia. Se c'era una cosa di cui poteva vantarsi, era di saper essere responsabile e ragionevole. Nulla di quella serata era stato sensato. Al contrario, era stata avventata e aveva quasi perso la vita. Quando lanciò un'occhiata a James, lo vide mordersi il labbro invece di discutere con lei.

«Avete ragione» mormorò la giovane. «Ero nei guai. Grazie per essere venuto in mio aiuto.»

James le sorrise calorosamente, riportando alla mente i ricordi di quel giorno, di come l'avesse presa in giro in libreria e l'avesse baciata senza ritegno. Lei gli aveva fatto credere di non essere una cameriera, ma una vera signora. Non poteva più nascondergli la verità. Lui le aveva salvato la vita e lei gli doveva la sua onestà.

«Mio signore...» iniziò Gillian, ma la carrozza si fermò e l'autista annunciò l'indirizzo. Non si trattava della casa degli Sheridan. «Dove siamo?»

James fissò gli stivali, improvvisamente timido. «Vi ho portata a casa mia. È tardi, quindi nessuno vi vedrà. A casa mia vive un medico a causa di mia madre e voglio che vi visiti subito. Quando mi avrà assicurato che state bene, vi accompagnerò, dove vorrete.»

Sua madre? Gillian si sforzò di ricordare ciò che le aveva detto Letty, la sorella di James. La madre del conte si era ammalata dopo la morte del padre e negli ultimi due anni era diventata introversa e smemorata. Il fatto che il giovane si prendesse cura della madre, riempì Gillian di un senso di compassione.

«È accettabile? Portarvi a casa?» La voce del giovane era morbida, setosa, anche se un po' pericolosa nel modo in cui le faceva battere il cuore. Era esattamente il tipo di uomo di cui Gillian aveva sognato di innamorarsi. Ma non ci era mai riuscita. Lui era un titolato, un membro dell'*haute ton*. Lei era la figlia bastarda di un conte.

Se osassi sognare, sareste mio.

Annuendo, Gillian non riuscì a distogliere lo sguardo dal conte. Non avrebbe dovuto accettare di entrare in quella casa ma per un istante desiderò fingere che quella vita potesse essere la sua. Una parte del suo cuore si aggrappava ancora a sciocchi sogni di ragazza, per una notte voleva credere di essere una signora di alto lignaggio che poteva essere vista con lui, che poteva sposarlo, che potevano avere una vita insieme.

James scese dalla carrozza e le porse la mano. Gillian iniziò a scendere e lui la afferrò con cura per la vita, lasciandola scivolare lentamente lungo il suo corpo fino a terra. Nonostante il dolore alla testa, in quel momento lei desiderava che lui la baciasse. James le prese il mento, abbassando gli occhi sulle labbra di lei prima di riprendersi.

«Le mie scuse. Dobbiamo entrare e farvi visitare dal dottor Wilkes.»

Gillian respinse un'ondata di delusione. Sarebbe stato sciocco e imprudente dirgli che i suoi baci avrebbero cancellato ogni dolore?

Sì, molto sciocco. Ti comporti come Audrey.

James bussò alla porta, tenendo un braccio intorno alla vita di Gillian, come se temesse che lei potesse crollare da un momento all'altro. Gillian si aggrappò avidamente a lui, odiando quanto le piacesse sentire quel corpo forte premuto così vicino al suo. Quando la porta si aprì, comparve un giovane cameriere dall'aspetto stanco.

«Mio signore!» Gli occhi del giovane si allargarono e scattò sull'attenti, riconoscendo James in piedi davanti a lui.

«Brandon, i servizi del dottor Wilkes sono richiesti immediatamente. Saremo nella mia camera. Portaci del cibo e del vino.»

«Naturalmente.» Il ragazzo se ne andò e James aiutò Gillian a entrare.

Le cinse la vita con un braccio, e lei non si sottrasse. Era bello essere abbracciata in quel modo, sentire quel braccio forte sostenerle il corpo mentre si sentiva ancora un po' stordita. La aiutò a salire nella sua stanza e la fece accomodare su una poltrona, poi prese una coperta dal divano e gliela appoggiò in grembo. Arricciò delicatamente le dita sotto il suo mento, sollevandole il viso per poterla studiare.

«Siete abbastanza calda?» le chiese. Il polpastrello del pollice le sfiorò il labbro inferiore. Nonostante quelle parole gentili e quella tenerezza, non era mai stata così consapevole di lui in senso puramente maschile come in quel momento. L'aveva salvata, l'aveva tolta dal pericolo e ora si stava prendendo cura di lei. Gillian era combattuta tra l'adorazione per quel salvataggio e l'odio per averne bisogno.

«Sto bene, mio signore, ve lo assicuro...»

Sobbalzarono quando la porta si aprì e il cameriere entrò con un vassoio di cibo e una bottiglia di vino. Il giovane uscì timidamente dalla stanza dopo aver posato il vassoio e la bottiglia.

«Cielo» disse Gillian, arrossendo. «Che cosa deve pensare di me, con voi qui, da sola...» Sapeva bene cosa avrebbe pensato la servitù, giacché era una di loro. Più di una volta aveva visto Cedric, il fratello di Audrey, portare le donne nella sua stanza, negli anni precedenti al matrimonio con Anne.

«Mi dispiace. Cercherò di trovare una scusa per avervi portata qui. Non dovete trovarvi in mezzo a uno scandalo, anche se i miei domestici non parlano» si affrettò a rassicurarla.

Lo stomaco di Gillian si agitò per il nervosismo. Era preoccupato per lei? Lei non era nulla in società, una presenza quasi invisibile. A parte gli altri domestici, solo Audrey l'aveva vista come una persona e non come una cameriera. No, se c'era qualcuno che rischiava di veder danneggiata la propria reputazione, quello era lui. Lì era lei l'indesiderata.

«Mio signore, devo assolutamente parlarvi» iniziò Gillian, dolcemente, sapendo di dovergli dire la verità sulla sua posizione.

«Voglio che prima vi visiti il dottor Wilkes. Poi potrete dirmi tutto quello che desiderate.»

Gillian si appoggiò alla poltrona vicino al camino e lo guardò camminare. Se non le fosse scoppiata la testa, avrebbe riso nel vederlo così palesemente irritato per lei, quando in realtà non avrebbe dovuto preoccuparsi. Sarebbe stata bene.

«Dovete stare attento a non lasciare solchi sui tappeti» disse la giovane, lasciandosi sfuggire finalmente un sorriso per quell'apprensione. Quell'uomo era un tipo apprensivo. Il suo divertimento si affievolì quando capì che doveva essere dovuto al fatto che era diventato conte così giovane e che aveva la responsabilità della malattia della madre e del benessere della sorella.

«Hmm?» rispose il conte prima di rendersi conto di ciò che lei aveva detto. Con una risatina ironica, si fermò. «Sì, non vorrei rovinare i tappeti.»

Le labbra del giovane si schiusero di nuovo come se stesse per parlare, ma la porta si aprì ed entrò un signore di mezza età dall'aspetto gentile. Indossava pantaloni e camicia, ma non il panciotto.

«Mi scuso, mio signore, per il mio stato di svestizione. Ma Brandon mi ha informato che qui c'è una signora in difficoltà?»

«Sì. Dottor Wilkes, questa è la signorina Gillian Beaumont. Signorina Beaumont, questo è il dottor Giles Wilkes.»

«Piacere di conoscervi» disse Gillian.

«Piacere mio.» Wilkes sorrise, avvicinandosi a lei. «Diamo un'occhiata, che ne dite? La testa, vero?»

James si spostò accanto a lei, aggrottando le sopracciglia mentre il dottor Wilkes le esaminava gli occhi, la testa e il collo.

«Devo pulire la ferita e vedere esattamente quanto è profondo il taglio. Signorina Beaumont, posso chiedervi di sedervi sul letto?»

«Certamente.» Gillian si sedette sul letto e cercò di rimanere immobile mentre il dottor Wilkes recuperava diversi oggetti dalla sua borsa nera.

Il dottore la visitò con attenzione e ordinò a James di

avvicinare un candelabro per avere un'illuminazione adeguata.

«Vi dispiace se chiedo come vi siete ferita, signorina Beaumont?»

«Beh, sono stata spinta con forza contro un muro e credo che una parte del soffitto mi sia caduta addosso.»

Wilkes la fissò e poi guardò James. «Come?»

«È una lunga storia, ma la stavo aiutando a fuggire da un *hellfire club*. Le cose si sono complicate.»

«Capisco.» Il dottor Wilkes si accigliò mentre usava una miscela di amamelide per pulire i graffi. Gillian sibilò per il bruciore, ma la mano forte di James afferrò una delle sue e questo la confortò un po'.

«Stanotte non deve essere lasciata da sola. La ferita sembra essere superficiale, ma deve essere osservata da vicino nel caso in cui abbia dei dolori. In tal caso, voglio essere svegliato subito.»

«Oh, ma io non posso restare» protestò Gillian.

«Potete farlo e lo farete.» James le strinse di nuovo la mano. «Se il dottor Wilkes è preoccupato per voi, dovete fare quello che dice.»

«Ma... non ho vestiti e la signorina Sheridan si preoccuperà non sapendo dove io sia.»

Era pericoloso restare. Sarebbe stata troppo vicina all'uomo che l'aveva tentata come nessun altro.

«Manderò subito un messaggero dalla signorina Sheridan. Sono sicuro che Letty avrà qualche vestito in più da prestarvi.» James le afferrò il mento, girandole la testa verso di lui. «Vi prego, lasciate che mi prenda cura di voi.» I loro sguardi si incrociarono e lei ebbe la sensazione che quelle parole non si riferissero solo a quella notte, ma a molte notti a venire.

Non sa nemmeno chi sono. Se lo sapesse, sarebbe furioso per il mio inganno.

«Siete d'accordo, signorina Beaumont?» le chiese il dottor Wilkes.

Che cosa poteva rispondere? «Se è quello che mi consigliate, allora sì.»

«Rimarrò a vegliare su di voi, se non avete obiezioni.» James le teneva ancora la mano e il calore le si insinuò sulle guance al pensiero che lui le stesse così vicino mentre dormiva.

«Non ho alcuna obiezione!» rispose Gillian, incapace di staccare lo sguardo dagli occhi di Pembroke. Erano caldi e morbidi, di una tonalità di marrone che le fece pensare alla cannella.

«Bene.» James le lasciò la mano e si avviò con il dottore verso il corridoio.

Gillian si strinse le braccia intorno alla vita. Sapeva che quello che stava facendo, era sbagliato. Restare lì con lui era scandaloso. Gli aveva detto di non preoccuparsi della sua reputazione, perché temeva che lui potesse cercare di fare la cosa più onorevole e di offrirle il matrimonio, e poi l'avrebbe disprezzata una volta appresa la verità sulla sua situazione. Una donna di servizio viveva e moriva in base alla sua reputazione e, anche se ad Audrey poteva non interessare quel tipo di scandalo, si sarebbe diffuso e avrebbe fatto perdere il rispetto della casa Sheridan, danneggiando la sua padrona. Gillian sentiva che Audrey era la sua più cara amica, anche se erano datrice di lavoro e dipendente.

Poco dopo la porta si aprì ed entrarono James e una giovane cameriera che teneva tra le braccia una camicia da notte e altre cose.

«Signorina Beaumont, lei è Sybil. Si occuperà delle vostre esigenze. Vi concedo mezz'ora per sistemarvi.» James si fermò davanti alla porta. L'espressione incerta, quasi preoccupata sul volto del giovane era stranamente affascinante, come se temesse di lasciarla sola nel caso in cui Gillian avesse avuto bisogno di lui.

«Grazie, mio signore. Starò bene fino al vostro ritorno» promise la giovane.

Sybil la aiutò a togliersi il vestito e a indossare la camicia da notte. Quel tessuto costoso la imbarazzava. Forse era di Letty, la sorella di James? Il pizzo fine sulla gola e sul seno era troppo bello, troppo costoso rispetto all'abito semplice di cotone che indossava sempre. Doveva appartenere alla sorella del conte.

«Avete bisogno di qualcos'altro, signorina?» le chiese Sybil, terminando di sciogliere i capelli dall'acconciatura che Gillian aveva fatto frettolosamente quella sera. Era dovuta uscire da casa di corsa dopo Audrey e aveva avuto tempo solo per un semplice chignon. Molte delle forcine si erano aggrovigliate durante le lotte precedenti, ma la cameriera aveva un talento nel toglierle.

«No, sto bene così, grazie.» Era strano ricevere un aiuto del genere. Aveva passato la maggior parte della sua vita a prendersi cura di sé stessa e di Audrey più o meno nello stesso modo.

«Se avete bisogno di qualcos'altro, tirate la corda del campanello vicino al letto. Abbiamo sempre del personale che rimane sveglio di notte perché...» All'improvviso la cameriera si coprì la bocca. «Non avrei dovuto parlare, signorina. Non spetta a me...»

«Va tutto bene, Sybil. Sono sicura che abbia a che fare con la madre di Lord Pembroke e la sua malattia.»

La cameriera si morse il labbro e annuì. Gillian la ringraziò di nuovo e sollevò il copriletto e le lenzuola prima di sistemarsi a letto.

Spense la candela accanto alla testa e si accoccolò sul morbido materasso di piume. Era molto meglio della branda su cui dormiva nell'attico di casa Sheridan. La sua sistemazione a casa era migliore di quella di molte donne di servizio, ma nulla poteva essere paragonato a un materasso così bello. Chiuse gli occhi, sorridendo leggermente.

«State meglio?»

Gillian si alzò di scatto al suono della voce di James. Era entrato nella stanza in silenzio, tenendo in mano un libro e un candelabro.

«Sì.» Gillian si scostò i capelli dal viso e lo guardò

chiudere la porta della stanza e avvicinarsi a una poltrona accanto al camino.

«Bene. Non volevo svegliarvi. Vi prego, riposate. Sarò qui se avrete bisogno di me.» James agitò il libro che aveva in mano, poi si sistemò su una poltrona accanto al fuoco. Gillian si chiese se quelle spalle larghe si fossero mai stancate dei fardelli che portava. Aveva così tante responsabilità e lei non poteva fare a meno di provare dolore nel sapere che non ci fosse nessuno a prendersi cura di lui.

Gillian era ancora un po' scioccata dal fatto di dormire a casa del conte di Pembroke e che lui fosse nella sua camera. Nonostante la stanchezza, i suoi nervi si rianimarono e sapeva che non sarebbe riuscita a dormire. Scivolò fuori dal letto, si avvicinò alla poltrona accanto al conte e si accomodò. Sorpreso, James sollevò lo sguardo.

«Non riesco a dormire. Non ancora. Mi leggereste qualcosa?»

James abbassò lo sguardo sul libro che aveva tra le mani e una ciocca di capelli scuri gli cadde sugli occhi. Gillian non riusciva a distogliere lo sguardo dal viso dell'uomo, dal modo in cui la luce del fuoco ombreggiava le creste eleganti della mascella e degli zigomi. Quei lineamenti erano stati creati dalla dea dell'amore per tentare qualsiasi donna sana di mente a fare pensieri scandalosi. Gillian ricordava quanto fossero morbide quelle labbra, come fosse sentirle stuzzicare le proprie, il guizzo malizioso di quella lingua che le scatenava brividi deliziosi lungo la schiena.

«Desiderate che vi legga qualcosa?» James sollevò il libro in modo che lei potesse vederne il dorso, che recava la scritta *Lady Gloria and the Earnest Earl*. «Siete proprio sicura?» La voce era bassa, gli occhi scintillavano di seduzione, ma l'umorismo si muoveva agli angoli delle sue labbra. «Dopo tutto, l'ultima volta che ho letto per voi...» Lo sguardo del giovane si abbassò sulle labbra di lei mentre faceva una pausa, e poi i loro sguardi si incontrarono. «Se non ricordo male, ci siamo persi, e non tra le pagine.» Gillian arrossì rendendosi conto che James poteva in qualche modo stuzzicarla e suscitare le sue passioni allo stesso tempo.

«Credo di essere disposta a rischiare di perdermi di nuovo... tra le pagine, intendo.» Gillian aveva la sensazione che quell'uomo potesse leggerle qualsiasi cosa e si sarebbe aggrappata a ogni sua parola e sillaba. Si morse il labbro per non ridere di sé stessa.

James riaprì il libro, sporgendosi verso di lei sulla poltrona mentre tornava alla prima pagina.

«È meglio cominciare dall'inizio, credo.»

Gillian sistemò le gambe sulla poltrona e si appoggiò al braccio sinistro per mettersi comoda. Il calore del fuoco e di quello tra lei e James riempiva la stanza, facendola sentire lasciva, femminile e fin troppo consapevole di lui come uomo, in un modo che le faceva girare la testa per motivi completamente diversi.

«Sembra sempre che quando una signora ha un bisogno maggiore di avventure, queste bussino alla sua porta. Per la signorina Gloria Bellarmy, il bussare era in effetti un vero e proprio bussare alla sua porta, sotto forma di uno sconosciuto alto e scuro che aveva bisogno di aiuto.» James continuò a leggere il romanzo gotico, con la sua voce profonda che pronunciava le parole con un tono seducente, facendo cadere Gillian in uno stato d'animo tranquillo.

La giovane chiuse gli occhi, immaginando le scene del libro. Invece della signorina Gloria, l'eroina, era lei ad accompagnare l'uomo misterioso nella sua bella ma fatiscente casa al largo della Cornovaglia. Ed era James a sedurla nella sala da pranzo, a portarla a letto e a fare l'amore con lei con un'intensità selvaggia che la eccitava piuttosto che spaventarla. I sogni erano deliziosi. Quasi mugolò per protesta quando all'improvviso il suo corpo fu sollevato dalla poltrona e si risvegliò tra le braccia di James.

«Stavate dormendo» le sussurrò dolcemente il giovane. «Ho pensato di portarvi a letto.»

«Mi portate a letto?» mormorò Gillian che lo fissò e lentamente gli mise le braccia intorno al collo.

«Sì, avete bisogno di riposare.» La adagiò sul letto ma, quando la giovane non lo lasciò andare, rimase in bilico su di lei. I loro volti erano a pochi centimetri l'uno dall'altro alla luce della candela.

«Gillian.» La voce del conte era più roca. James era al

limite e lo sentiva anche lei. Il limite invisibile che, una volta oltrepassato, li avrebbe fatti cadere nello scandalo e nel peccato, ma aveva davvero importanza? La fame che Gillian aveva del giovane superava i pensieri razionali a cui si era aggrappata poco prima.

«Sarebbe così brutto...» La giovane non finì la frase ma si limitò ad abbassare lo sguardo sulla bocca tentatrice. *Signore, ti prego, fa' che mi baci.*

«Sarebbe molto brutto... e *molto bello.*» James appoggiò un braccio sul letto, avvicinandosi ancora di più. «Ma ho promesso che sarei stato un gentiluomo.»

Il corpo di Gillian già ronzava al pensiero che lui la baciasse di nuovo. C'era qualcosa in quell'uomo che la privava del buon senso. Un gentiluomo che aveva un lato selvaggio, un gentiluomo che amava profondamente e combatteva follemente per proteggere coloro a cui teneva, compresa lei.

Al diavolo le conseguenze. Gillian spostò una mano sulla cravatta di lui, tirando la stoffa bianca del collo, srotolandola fino a quando non fu abbastanza allentata da poter scivolare via. La lasciò cadere a terra. James lanciò un'occhiata alla cravatta e, quando alzò di nuovo lo sguardo su di lei, le sue labbra carnose si socchiusero in un sorriso meravigliosamente malizioso. Le scintille scesero lungo il corpo della giovane, che si avvicinò ai bottoni del panciotto di lui nello stesso istante in cui il conte si avvicinò alla camicia da notte di lei. Entrambi risero dolcemente, i loro volti si sfiorarono mentre si affrettavano a togliere i vestiti. Era come se la naturale autocoscienza di Gillian fosse svanita nella notte e, tutto ciò che rimaneva, fosse una creatura di tatto, gusto e profumo che esplorava ogni parte del corpo di James con le mani e la bocca, spogliandolo.

Quando James fu nudo, iniziò a sollevarle la camicia da notte sopra la testa. Gillian non ebbe il tempo di essere timida perché il giovane aveva iniziato a strisciarle addosso e a baciarla follemente.

«Apriti per me, amore» le sussurrò contro le labbra. Gillian aprì la bocca, ma lui le colpì leggermente le ginocchia e lei si irrigidì.

«Piano» disse James, ridacchiando. «Andremo piano.» Le accarezzò la guancia e lei gli strinse le spalle mentre apriva lentamente le gambe. La pesantezza del corpo di James era ben accetta; la faceva sentire come un albero antico in un giardino incolto e dimenticato, che stava sviluppando radici profonde fino al centro della terra stessa. Quello era il loro legame, la loro connessione.

Sembrava che si baciassero per ore, con le labbra che si muovevano dolcemente, le mani che cercavano e le membra che scivolavano l'una sull'altra. Gillian non aveva mai sentito un tale bisogno dentro di sé.

«È sempre così?» gli chiese Gillian contro le labbra.

«Tipo?» rispose Pembroke, con un tono roco.

La giovane gli passò le dita tra i capelli sulla nuca e lui rabbrividì. «Come... come se fossi in fiamme, ovunque, come se avessi bisogno di te in un modo che capisco a malapena.» Sarebbe arrossita per la sua franchezza ma in quel momento non le importava.

«No, non è sempre così. Provo le stesse sensazioni» ammise James, con un sorriso fanciullesco sul volto che la lasciò senza parole. Gillian gli baciò il mento, la gola, conficcandogli le unghie nelle spalle mentre lui scivolava lentamente dentro di lei. La stretta, l'accenno di dolore balenarono nel suo grembo come una stella cadente e poi svanirono in una sensazione di pienezza. In quell'istante James la completò in un modo che lei non aveva mai immaginato. Quello era il motivo per cui le donne si innamoravano, il motivo per cui i libertini erano così pericolosi. James non era un libertino. Era un gentiluomo, proprio come aveva promesso. Era un gentiluomo che sapeva come usare il proprio corpo nei modi più meravigliosamente malvagi.

«Muoviti con me» la incoraggiò tra un bacio e l'altro. Gillian sollevò i fianchi mentre lui abbassava i suoi, e la sensazione di pienezza aumentò fino a farle quasi mancare il fiato. Poi lui si ritrasse e lei lo afferrò più forte, esortandolo a spingere di nuovo. Si scambiarono un gemito sommesso mentre i loro fianchi si univano ancora e ancora.

«Sono in paradiso» ringhiò il giovane. «Un dannato paradiso.»

«Anch'io.» Gillian ansimò quando lui spinse di nuovo e un'ondata di piacere la investì improvvisamente e spaventosamente.

La giovane inspirò e gridò. Un secondo dopo James le coprì la bocca con la sua, soffocando le sue grida. Poi si spinse di nuovo dentro di lei e seppellì il viso nel suo collo, baciandola dolcemente mentre crollava su di lei. Per un attimo Gillian temette di non riuscire a respirare, ma James si sollevò e rotolò di lato. Il corpo nudo di Gillian cominciò a raffreddarsi e per un attimo la ragione e la logica minacciarono di spazzarla via, ma James sollevò le coperte sopra di loro e la tirò tra le braccia, baciandole l'orecchio.

«Dormi. Sono qui a vegliare su di te.» Quella promessa la seguì nell'oscurità, mentre il sonno calava su di lei.

JAMES TENEVA GILLIAN TRA LE BRACCIA, GUARDANDO le candele spegnersi lentamente. Era stato imprudente a prenderla in quel modo, eppure non se ne era pentito nemmeno per un istante. Era la donna con cui voleva passare il resto della sua vita, ma sapeva che avrebbe avuto difficoltà a convincerla a sposarlo. C'erano segreti negli occhi della giovane e dolore sulle sue labbra, e avrebbe voluto sapere che cosa la riempisse di paura e di esitazione. James aveva vissuto tutta la vita sentendosi distante dagli altri. Era difficile trovare in società una ragazza disposta a sposare un uomo che desiderava tenere vicino a sé la propria madre, una madre che soffriva di un'insorgenza precoce di una malattia mentale. Molte giovani che James aveva incontrato, avevano detto che avrebbero voluto che sua madre si ritirasse in campagna, lontano dagli occhi e dal cuore ma James non poteva farlo. Gillian sembrava capirlo e mostrava una compassione come nessun'altra donna. Era il tipo di donna che avrebbe potuto sposare.

Le scostò una ciocca di capelli dal viso e Gillian gli si avvicinò. Il lieve profumo floreale che si aggrappava ai capelli della giovane gli fece pensare a quelle estati lontane, quando era un ragazzo in campagna. Suo padre era vivo e sua madre stava bene. Lui e Letty scorrazzavano tra i tavoli sotto le vaste tettoie dei padiglioni pieni di amici provenienti dai villaggi e dalle tenute circostanti.

Giornate estive piene di luce calda. James si sentiva così quando teneva quella donna tra le braccia. Era una magia strana e meravigliosa che lui non riusciva a credere di essere riuscito a catturare. Quando sua madre si era ammalata per la prima volta e aveva perso gran parte della capacità di seguire le conversazioni e di ricordare i dettagli del presente, James aveva promesso che avrebbe trovato un modo per farla guarire. Sua madre gli aveva tenuto le mani tra le proprie, il grigio prematuro delle tempie le conferiva un'eleganza malinconica mentre sorrideva tristemente e gli parlava: *Promettimi, James, che troverai un modo per sfruttare gli arcobaleni dopo le tempeste che la vita ti regalerà. Tuo padre era il mio arcobaleno catturato in un barattolo. Non devi preoccuparti per me. Insegui il tuo mistero meraviglioso fino alla sua fine colorata e prendilo prima che sia troppo tardi.*

All'epoca James non aveva compreso quelle parole; un sedicenne raramente vuole pensare alle filosofie della vita. Ma ora si chiedeva se Gillian potesse essere il suo arcobaleno in un barattolo. Ma come catturarla e mantenerla?

«Voglio che tu sia mia» mormorò contro la fronte di lei prima di baciarla. Al mattino, avrebbe iniziato a inseguire il suo arcobaleno fino alla sua fine meravigliosa e misteriosa.

4

Gillian si svegliò di soprassalto quando qualcosa si mosse accanto a lei. Si bloccò rendendosi conto che c'era un uomo nel suo letto. Non un uomo qualsiasi. Il corpo nudo del Conte di Pembroke giaceva accanto a lei, il braccio teso intorno alla sua vita, le dita arricciate contro la sua pelle. Le lunghe gambe erano aggrovigliate alle sue. Un brivido leggero le percorse la parte superiore del corpo nudo, dove le coperte erano scese fino ai fianchi. Assonnata, sbatté le palpebre e si rese conto con una certa confusione di non essere nemmeno nel suo letto.

Che cosa diavolo sta succedendo?

Si toccò la testa per sistemare i capelli e trasalì quando provò un dolore acuto alla tempia destra. Dei ricordi sfocati della notte precedente riaffiorarono nella sua mente. I pericoli dell'*hellfire club*, la lotta, poi la fuga e... l'intimità che aveva condiviso con James proprio lì, in quel letto. Si era aperta a lui, avevano condiviso i loro corpi.

Era andata a letto con James. No, Lord Pembroke. Non avrebbe mai potuto essere James. Lei era una serva e lui un lord.

Ho commesso un terribile errore.

Eppure Gillian non poteva negare quanto stesse bene. Il suo corpo era sazio in un modo che non aveva mai immaginato e, quando cercò di sfuggire alla presa di James, il suo corpo protestò, volendo invece sprofondare di nuovo in quel letto caldo. Si costrinse a muoversi, sollevando il braccio di James che mormorò qualcosa di dolce nel sonno e rotolò a pancia in giù lontano da lei. Un sospiro di sollievo le sfuggì, scivolando fuori dal letto.

Impiegò alcuni minuti per raccogliere le sue cose. La sua sottoveste era stropicciata e ancora coperta di gocce di sangue e polvere di gesso bianco, che lei fece del suo meglio per scrollare via.

«Signore, che confusione» mormorò, poi si bloccò quando James si spostò nel letto, girando il cuscino prima di sistemarsi.

Dopo essersi vestita, scostò le tende della finestra a saliscendi. L'alba era solo una tenue linea rosa sugli alberi e sulle cime delle case delle strade di Londra. Pensava di avere abbastanza tempo per trovare una carrozza e tornare a casa prima che gli occupanti di casa Sheridan si svegliassero e scoprissero che era scomparsa. Far sapere a Sean Hartley, suo amico e cameriere, quello che era successo era una cosa, ma non voleva che il resto del personale sapesse del suo grave errore.

Mordendosi le labbra, infilò gli stivali e li allacciò, poi si avvicinò alla porta e la aprì con facilità. Sgattaiolò nel corridoio e controllò che non ci fossero domestici, ma non trovò nessuno. Gillian sapeva che si sarebbero alzati da un momento all'altro. La cuoca giù nelle cucine si stava allacciando il grembiule intorno alla vita e controllava il pane preparato la sera prima. I camerieri avrebbero iniziato a fare il loro giro accendendo le lampade e le cameriere avrebbero iniziato ad aprire le tende e a preparare i vassoi della colazione per James e la sua famiglia. Gillian conosceva fin troppo bene quelle routine perché era il suo mondo, il mondo degli ordini sussurrati e dei campanelli, dei vassoi di tè e del bucato. Il suo mondo non era fatto di letti lussuosi, abiti raffinati e balli scintillanti. Quel mondo apparteneva a James.

Almeno ho i ricordi che mi culleranno nei lunghi e solitari anni a venire.

Gillian scese le scale e raggiunse la porta d'ingresso.

«Signorina Beaumont?» La voce del dottor Wilkes la bloccò. La giovane si guardò alle spalle e vide il dottore uscire da una stanza del piano inferiore.

«Oh, buongiorno, dottor Wilkes. Come state?»

Il medico sorrise. «Bene. E voi come vi sentite? Vorrei dare un'occhiata alla vostra testa prima che ve ne andiate.»

«Oh, ma...»

«Per favore» disse l'uomo. «Sono un medico ed è nella mia natura preoccuparmi. Ci vorrà solo un momento. Stavo giusto assistendo la contessa con la sua medicina mattutina. È in salotto. Se non vi dispiace, preferisco tenerla d'occhio mentre siamo soli.»

«Sì, certo.» Gillian lo seguì in salotto. Una donna anziana era seduta su una poltrona di fronte alla finestra che dava su un bel giardino. La luce violacea del mattino si stagliava sulle tinte vivaci del glicine che si arrampicava sulle pareti intorno alle finestre. La mano della donna era appoggiata sul vetro, come se desiderasse toccare i fiori colorati all'esterno.

«Come sta?» chiese Gillian al medico.

La voce del dottor Wilkes era carica di compassione. «Oggi è un po' più distante. Ha i suoi giorni buoni e i suoi giorni cattivi.»

A Gillian si strinse la gola pensando a James che doveva occuparsi di sua madre in quei giorni difficili in cui lei era a malapena presente.

«Ora, diamo un'occhiata a voi.» Il dottor Wilkes avvicinò Gillian alla finestra vicino alla madre di James per poterle esaminare la testa. «Sembra pulita, ma è un po' gonfia. È probabile che si formino dei lividi. Come vi sentite?»

«Solo un po' debole.»

«Avete la vista annebbiata o la mente confusa?»

«No.» I suoi pensieri erano confusi, ma non avevano nulla a che fare con l'essere stata colpita alla testa e tutto a che fare con l'uomo che aveva fatto l'amore con lei.

«Ciao» disse una voce femminile soave, facendo innervosire Gillian fino a quando non si rese conto che si trattava della madre di James. Guardava Gillian con occhi castani e curiosi.

«Salve» rispose Gillian e guardò il dottor Wilkes, che le rivolse un sorriso incoraggiante.

«Abigail, questa è la signorina Gillian Beaumont. È un'amica di James.»

«Oh?» Il volto della donna si illuminò di un sorriso. «Conoscete il mio James?»

«Sì.» Gillian cercò di ignorare il calore che le saliva al viso.

«È un così bravo ragazzo, che segue sempre suo padre. È proprio come il mio Henry.»

Il sorriso di Gillian vacillò quando si rese conto che quella donna stava pensando al passato come se fosse il presente. Gillian si riprese rapidamente, adattandosi.

«Com'è Henry?» chiese all'anziana.

«Henry?» La donna sorrise sognante. «È un perfetto gentiluomo. L'ho sposato quando avevo solo diciassette anni. Lui aveva ventiquattro anni ed era così bello. Tutte le mie amiche erano terribilmente gelose. Ma non mi importava che fosse il futuro conte di Pembroke. Per me era semplicemente Henry. Ero solo la figlia di uno scudiero, capite. Non avrei mai pensato che mi avrebbe notata, ma, beh, ero una ballerina meravigliosa. Gli uomini migliori amano ballare quanto noi donne.»

Gillian si sedette su una poltrona accanto alla contessa. «Oh?»

«Sì. Allora avevo dei piedi piccoli e veloci.» La donna ridacchiò. «Quell'anno Henry venne da Londra e ballammo al ballo di Natale di suo padre. Anni dopo mi confessò che non si era mai pentito di aver ballato solo con me quella sera, anche se i suoi genitori erano piuttosto scandalizzati.»

Gillian intravide l'adorabile giovane donna che era stata la madre di James. Questo rendeva la sua malattia ancora più straziante. Sembrava una donna meravigliosa e sapere che la persona che era un tempo stava scomparendo lentamente, spezzava il cuore di Gillian.

«James è un bravo ballerino?» chiese Gillian.

«James?» chiese Lady Pembroke, aggrottando le sopracciglia per la confusione.

«Sì, vostro figlio.»

«Ma non ho un figlio. Sono sposata solo da un anno.» L'anziana ora la guardava accigliata, con le mani che tiravano selvaggiamente lo scialle in grembo, sfilacciando le estremità della stoffa. «Ma James è un bel nome...»

«Lady Pembroke, lasciate che vi serva del tè.» Il

dottor Wilkes fu lì in un attimo, calmandola e mettendole una tazza di tè tra le mani.

«Dovrei andare» disse Gillian. «Mi dispiace di averla fatta arrabbiare.»

Il dottor Wilkes scosse la testa. «Sciocchezze. Siete stata molto brava. Non ci sono molte giovani donne che avrebbero tollerato la situazione come voi.»

«Tollerare? Ha bisogno di compassione» disse Gillian, sorpresa dal fatto che qualcuno potesse arrabbiarsi con l'anziana.

Il dottor Wilkes annuì. «È vero, ma la maggior parte delle signore della vostra età non sa come affrontare la cura di una persona nelle condizioni di Lady Pembroke. Per la maggior parte delle persone, ricorda troppo la propria mortalità e non è facile affrontarla.»

«Oh, è... è terribile. È così dolce.»

«Vero?» Il dottore accarezzò le spalle di Lady Pembroke mentre la donna beveva il suo tè e guardava i giardini. Gillian sperava sinceramente che da qualche parte, nel profondo, Lady Pembroke avesse dei ricordi, in cui potesse sempre ricadere anche solo per brevi istanti.

«Grazie, dottor Wilkes, per avermi visitata ieri sera.»

«Di nulla. Ne sono stato felice. Sua Signoria sa che state partendo? Ho pensato che tra poco potreste fare colazione con la signorina Fordyce e me.»

«No!» Gillian sussultò, poi si calmò. «Voglio dire no, stava ancora dormendo. Non volevo disturbarlo e, data la natura scandalosa del mio arrivo, non sono certa di poter affrontare la signorina Fordyce a colazione.» Letty, la sorella di James, era meravigliosa, ma era anche protettiva nei confronti del fratello maggiore e aveva spiegato chiaramente che non voleva che le signore con cattive intenzioni spezzassero il cuore di suo fratello. Quei sentimenti erano comprensibili e molto nobili. James meritava una moglie che amasse prendersi cura non solo di lui, ma anche della sua famiglia. In un'altra vita, Gillian avrebbe dato qualsiasi cosa per essere quella persona ma James non poteva sposare la figlia bastarda di un conte, almeno non una che lavorasse come serva.

«Buona giornata, dottor Wilkes.» Gillian baciò il dottore sulla guancia, sentendosi grata per tutto quello che quell'uomo aveva fatto. Il medico arrossì e la salutò prima di tornare accanto a Lady Pembroke.

Mentre Gillian usciva da casa, il sole finalmente sorgeva sopra le cime delle altre case, dipingendo le strade con la luce pallida del mattino. Le carrozze cominciavano a rombare sul selciato e presto la gente avrebbe fatto le prime passeggiate. Gillian chiamò una carrozza e rivolse un ultimo sguardo alla casa di James. Poi disse addio ai suoi sogni una volta per tutte.

❧

GILLIAN SE N'ERA ANDATA. QUANDO JAMES SI SVEGLIÒ qualche ora dopo l'alba, quella consapevolezza fu come una coltellata al petto. La donna con cui aveva condiviso la notte più intima lo aveva abbandonato. Anziché essere James a scappare come un mascalzone senza cuore, era stata lei a fuggire. Era come se il mondo si fosse rovesciato su di lui.

Si rannicchiò sul bordo del letto, fissando il pavimento dove i suoi vestiti giacevano in un mucchio sgualcito. Era completamente nudo, il che non era insolito, ma per una volta si sentiva esposto. Non aveva mai avuto un'amante, aveva dormito solo con un'altra donna in vita sua prima della sera precedente ma dannazione se non si sentiva come se fosse stato lui a perdere la verginità e non Gillian.

«Mio signore?» La voce del dottor Wilkes giunse attraverso la porta chiusa.

«Sì, dottor Wilkes. Datemi un momento.» Scese dal letto e si vestì frettolosamente. Quando aprì la porta, il dottor Wilkes era in piedi, accigliato.

«Volevo controllare come stavate. Non è da voi...» Lo sguardo del dottor Wilkes si spostò sul letto e sulle macchie di sangue che James aveva dimenticato di coprire nella fretta di aprire la porta.

Dannazione, quell'uomo avrebbe sicuramente capito cosa era successo.

Il dottor Wilkes si schiarì la gola. «La signorina Beaumont è andata via. Quando voi avete saltato la colazione, mi sono preoccupato.» Il dottor Wilkes, da vero professionista, non parlò di ciò che aveva capito chiaramente che fosse successo la sera prima.

«È rimasto del cibo?» chiese James.

«Il cuoco ha conservato un po' di kipper, aringhe e uova in alcuni scaldavivande sulla credenza. Dovrebbero essere ancora caldi.»

«Grazie.» James sapeva che avrebbe dovuto lavarsi e indossare degli abiti puliti ma gli faceva male lo stomaco. Non aveva cenato molto prima di andare al *Club dei Conti Peccaminosi* di Coventry.

«Come sta oggi mia madre?» chiese James, mentre il medico gli andava incontro.

«Abbastanza bene. La signorina Beaumont ha avuto modo di conoscere vostra madre mentre io esaminavo la sua ferita prima che se ne andasse.»

James si bloccò. Gillian aveva conosciuto sua madre? Non c'era da stupirsi che fosse scappata. Essere compassionevoli a parole era più facile che esserlo nei fatti. Senza dubbio era stata sopraffatta dal deterioramento delle condizioni di sua madre ed era fuggita.

«La signorina Beaumont era molto turbata da mia madre?» James cercò di trattenere l'emozione dalla voce.

«Niente affatto.» Il dottor Wilkes e James scesero le scale e si diressero verso il salotto. «Ha avuto una piacevole conversazione con lei e l'ha fatta parlare molto più di quanto io sia riuscito a fare da giorni.»

Il cuore di James sussultò leggermente. Non era quello che si aspettava di sentire.

«Davvero? Ha parlato con Gillian?»

Il medico lo guardò per un istante, forse aveva notato che James aveva chiamato Gillian per nome, poi rispose. «Sì, ha parlato di vostro padre e di come si sono conosciuti. È sempre una storia affascinante.» Gli occhi del dottor Wilkes erano dolci, e questo rese James orgoglioso di aver trovato uno dei pochi medici di Londra che non lasciava che la scienza dominasse la sua testa. Era il motivo per cui James lo aveva assunto. Aveva bisogno di un uomo che avesse un cuore per prendersi cura di sua madre.

«E Gillian, come sta? Non sono riuscita a vederla prima che se ne andasse.»

«Sembra che stia bene. Quella donna ha una testa forte e robusta, grazie al cielo.»

Quando James e il dottor Wilkes entrarono nella sala da pranzo, il conte prese un piatto e si servì dei kipper, delle uova e del caffè prima di sedersi di fronte al giardino. Il dottor Wilkes si avvicinò alla finestra e fissò il panorama.

«Mia madre sta riposando?» chiese James.

«Sì.» Il medico si voltò verso il conte, ancora accigliato. «Mio signore, sta cominciando a perdere il controllo degli arti e sta cercando di camminare senza che i servitori la sorveglino. Temo che se cadesse, non potremo...» Le parole dell'uomo svanirono nel silenzio della stanza.

James posò la forchetta, sentendo lo stomaco stringersi dolorosamente. «Che cosa proponete di fare?»

La solennità della voce del dottore terrorizzò il giovane. «Dovremmo pensare di trasferirla nella tenuta dei Pembroke. So che desiderate starle vicino, ma dovrà vivere in un posto senza scale. Il maniero ha stanze al primo piano.»

Il dottor Wilkes aveva ragione. La tenuta sarebbe stata migliore per sua madre, ma questo avrebbe significato che non l'avrebbe vista così spesso. Gran parte degli investimenti della sua famiglia lo tenevano occupato a Londra. Ci pensò a lungo. Sua madre aveva fatto tanti sacrifici, come tutte le madri, e la perdita del padre era stata la più dura per lei. James voleva fare ciò che era meglio per lei. Le doveva le cure migliori per l'amore costante che sua madre aveva rivolto a lui e a Letty in tutti quegli anni, nonostante la malattia. La gola gli si strinse, incontrando lo sguardo del dottor Wilkes.

«Andate e fate i preparativi necessari. Io sistemerò le cose qui in modo da potermi ritirare in campagna per il resto della Stagione.»

Il dottor Wilkes prese una sedia, si sedette e si schiarì la voce.

«Posso essere franco con voi, mio signore?»

«Naturalmente. Potete sempre parlare onestamente» gli assicurò James. Aveva assunto il medico cinque anni prima e aveva imparato a considerarlo un amico.

«Ammiro la nobiltà del vostro cuore, il fatto di voler restare con lei anche quando il suo mondo diventa buio.» La voce del dottor Wilkes si inasprì e fece una pausa come se avesse bisogno di un momento per dominare le sue emozioni. «Ma rischiate di perdere voi stesso, mio signore. La vostra vita è congelata, ma il resto del mondo va avanti senza di voi. Anche voi meritate una vita, fatta di gioia, di matrimonio e di figli. Vostra madre non vorrebbe che vi privaste della vostra vita per amore della sua.» Il dottor Wilkes distolse lo sguardo quando terminò.

Per un momento, James rifletté sulle parole dell'amico. Era vero. Voleva una vita. Aveva lasciato che le sue paure per la madre lo intrappolassero in un luogo in cui aveva paura di andare avanti. Ma non poteva semplicemente mandarla via e farla diventare la preoccupazione di qualcun altro.

Il dottor Wilkes intervenne: «Oserei dire che il cambiamento potrebbe anche aiutare in qualche modo la sua condizione. Vi assicuro che farò tutto il necessario per mantenere la sua mente attiva. E quando il tempo lo permetterà, allora dovrete raggiungerla. Ma non prima.»

«Forse avete ragione. Allora resterò a Londra, ma se avrà bisogno di me per *qualsiasi cosa*, dovrete mandarmi a chiamare subito.»

«Certo» giurò il dottor Wilkes.

La mente di James era invasa dal panico di aver mandato via sua madre e dalla paura di non rivedere più Gillian. Il dottor Wilkes aveva ragione. Doveva andare avanti, doveva trovare la felicità, e questo significava trovare Gillian Beaumont. Avrebbe iniziato dirigendosi verso la casa del Visconte Sheridan e l'avrebbe cercata lì. Audrey Sheridan doveva sapere, dove si trovava Gillian.

James uscì dalla sala da pranzo e si diresse verso il suo studio, dove teneva la copia più aggiornata di *Debrett*. Cercò pagina per pagina, alla ricerca del nome Beaumont. Se fosse stata collegata a qualche coetaneo, sarebbe stata lì. Con un piccolo grido di trionfo, trovò il nome Beaumont e poi si accigliò. Il conte di Morrey si chiamava Adam Beaumont e aveva una sorella, Caroline, proprio come gli aveva detto Wainthorpe.

Forse Gillian era una lontana cugina? Una persona non titolata e solo lontanamente imparentata? In quel caso, non sarebbe stata inclusa nella lista di *Debrett*. Chiuse il libro e lo infilò di nuovo tra gli altri titoli dorati, poi si diresse verso le sue stanze. Da lì a qualche ora avrebbe fatto visita ad Audrey Sheridan.

O forse avrebbe dovuto dire: *Lady Society*.

❦

«Credo che voi siate impazzita» disse Gillian alla sua padrona.

Audrey si sdraiò a pancia in giù sul letto, scrivendo la sua prossima rubrica per la *Quizzing Glass Gazette*. Un elegante gatto nero zampettava sulla penna d'oca ogni volta che Audrey si accigliava, cancellava una riga e riscriveva qualcosa al suo posto.

«Hmm?» mormorò Audrey, evidentemente non ascoltando.

Gillian sgranò gli occhi. Ripiegò l'abito di seta rossa che Audrey aveva indossato la sera precedente, anche se forse era irrecuperabile. Era a brandelli e le cuciture erano strappate in alcuni punti, senza dubbio era successo quando la sua padrona aveva scavalcato la finestra.

«Ho detto che penso che siate impazzita, mia signora.»

Lo sguardo di Audrey si alzò dal giornale e fissò Gillian.

«Sei arrabbiata perché sto scrivendo un articolo sugli empi peccatori dell'inferno, o perché ho portato a casa Archimedes?» Audrey lanciò un'occhiata al bel gatto nero sul letto accanto a lei.

«Entrambi, credo.» Gillian fissò il gatto nero. Gli empi peccatori avevano affermato che fosse il diavolo. Gillian non era così ingenua da credere a quelle sciocchezze, ma il gatto la osservava in modo inquietante. Poteva sentire il suo sguardo quando si girava di spalle.

«Sciocchezze. Abbiamo smascherato quasi tutti gli uomini presenti ieri sera, ed è ora di far sapere al *ton* chi tra loro non è in realtà un gentiluomo.»

Gillian grugnì in segno di disaccordo. «E che cosa pensa Mittens di Archimedes?»

«Mittens? All'inizio era un po' imbronciata, ma credo

che si riprenderà.» Audrey guardò il gatto con uno sguardo critico. «Sembra Muff, non credi?»

«Muff aveva un aspetto dolce» rispose Gillian, pensando al compagno di cucciolata di Mittens. I due gatti facevano parte della famiglia da quando erano dei cuccioli. Nel corso degli anni erano diventati una presenza gradita, ma l'autunno precedente qualcuno aveva ucciso Muff come messaggio, per ferire e mettere in guardia il fratello di Audrey. Dopo la morte di Muff, Mittens si era aggirata per la casa, piangendo. Alla fine si era arresa e si era ristabilita nella sua vecchia routine, ma non era più la stessa.

«Archimedes è dolce» disse Audrey.

«Ne dubito fortemente» rispose Gillian, raccogliendo gli stivali di Audrey e sistemandoli nel corridoio. Presto Sean li avrebbe presi per farli lucidare.

«Perché l'avete chiamato Archimedes? Penso che Lucifero sarebbe più appropriato.»

Audrey si chinò e coprì le orecchie del gatto, come per attutire qualsiasi cosa potesse sentire.

«Solo perché presiedeva un banchetto del diavolo, non significa che sia un gatto malvagio. Potrebbe essere stato attirato lì come noi, con un falso pretesto.»

Gillian non riuscì a trattenersi. Scoppiò a ridere. «Attirato con l'inganno? È un gatto. Probabilmente lo hanno strappato da qualche vicolo della strada.»

«Sciocchezze.» Audrey si alzò a sedere e si portò il felino al petto, strofinando il viso contro la sua pelliccia.

«I gatti non vanno mai in un posto che non scelgono loro. Durante la lotta, ha attaccato uno degli uomini, Lord Augersley, prima che lo prendessi dal tavolo. Eppure non si è ribellato affatto, vero?» chiese Audrey al gatto che sbatté le palpebre.

«Buon Dio.» Gillian gemette e si diresse verso la porta. Non aveva nessuna voglia di ascoltare Audrey tessere le lodi di un gatto diabolico.

Anch'io ho dei limiti a ciò che posso sopportare.

«Davvero non abbiamo intenzione di parlarne?» Il tono dolce di Audrey fermò Gillian mentre raggiungeva la porta. Posò la mano sulla maniglia di ottone ed espirò lentamente.

Chiuse gli occhi per un istante e pregò che la padrona non le chiedesse di James. «A che proposito?»

«Ieri sera. Jonathan mi ha accompagnata a casa, ma tu sei tornata solo stamattina presto. Il messaggero che ha portato il biglietto ha detto che eri stata ferita e che James ti aveva portata nella sua casa di città.»

Gillian trasalì quando ricordò il biglietto di Lord Pembroke a casa Sheridan.

«Gillian» disse Audrey ancora più dolcemente. «So che hai un *debole* per lui. Non è qualcosa di cui vergognarsi.»

«Non è vero» Quelle parole le sembrarono amare sulla lingua mentre affrontava Audrey. «Non sono e non sarò mai adatta a uno come lui. Sono una *cameriera*, mia signora. Lui è un conte. Sarei fortunata a essere la sua amante.»

«James non ha mai avuto un'amante. Non che io sappia, comunque. E non dimenticare chi sono io.» Audrey agitò la penna d'oca mentre scivolava dal letto e allontanava Archimedes dal foglio. Gillian giurò di aver visto il gatto leggere. Fu così che capì di aver preso una brutta botta in testa. I gatti non leggono.

«Gilly, dobbiamo parlare di te e James.»

«Avere o non avere un'amante non è importante. Io e lui non potremmo mai...» Chiuse la bocca, odiando che i suoi occhi stessero improvvisamente cominciando a lacrimare.

Audrey si avvicinò e la abbracciò dolcemente. Poi Gillian scoppiò a piangere.

«Piangi. Dopo ti sentirai meglio. Gli uomini non capiscono il potere di un bel pianto.»

Gillian storse il naso e si lasciò sfuggire una risatina. «Ci sono troppe cose che gli uomini non capiscono.»

«Questa è certamente la verità.» Audrey ridacchiò e lasciò andare Gillian, ma il suo volto si rabbuiò di nuovo. «Lascia che ti chieda una cosa, e voglio una risposta sincera, anche se ti addolora molto.»

Gillian annuì. Non c'era molto che non avrebbe fatto per Audrey. La loro reciproca lealtà era quasi simile a quella di due sorelle.

«Se tu fossi una signora e James fosse un normale

gentiluomo e non ci fosse il rischio della posizione sociale e simili sciocchezze, vorresti stare con lui?»

Gillian combatté il rifiuto immediato e il bisogno di nascondere i suoi sentimenti e le sue emozioni. Come figlia illegittima, aveva imparato presto che i suoi sentimenti e i suoi pensieri avrebbero portato solo dolore. Ma Audrey aveva chiesto onestà e lei aveva promesso di darla.

«Sì.»

Gli occhi di Audrey scintillarono. «Non avevo bisogno di sentire altro.» Si girò, il suo abito rosa svolazzò quando si sedette di nuovo sul letto e prese la sua rubrica Lady Society.

«Non avete intenzione di interferire?» Gillian cercò di formulare la domanda con attenzione, ma suonava comunque accusatoria.

«Interferire? Santo cielo, no.» Audrey sospirò mentre leggeva il giornale. Poi si fermò. «Avevo semplicemente bisogno di sapere quale fosse la tua posizione, per poter affrontare al meglio la questione se dovesse presentarsi in futuro. Capisco i tuoi timori. Per quanto mi dispiaccia dirlo, un conte e una cameriera sarebbero una situazione alquanto impossibile. Ma non voglio nemmeno vedere cuori spezzati. Quindi, come si suol dire, uomo avvisato mezzo salvato. Stai certa che affronterò la questione in modo appropriato, se mai dovesse presentarsi.»

Gillian non si fidava minimamente di quell'affermazione. 'Interferenza' avrebbe potuto essere il secondo nome di Audrey invece di Helen, quello che le avevano dato i genitori.

«Perché non ci credo?» mormorò Gillian.

«Hai l'aria un po' stanca, cara. Perché non scendi in cucina, ti riposi un po' e prendi un po' di tè. Io sarò qui a lavorare al mio articolo e non avrò bisogno di te.» Audrey non la guardava più, ma Gillian sapeva che il rapido congedo della padrona significava che aveva in mente qualcosa. Decise di rimanere per sorvegliare la sua padrona, ma alla fine cedette.

«Molto bene.» Uscì dalla camera e, nel corridoio, incontrò Sean che stava raccogliendo gli stivali.

«Vado a prendere il tè e a riposare un po'. Ti dispiacerebbe vegliare su di lei?»

Il bel cameriere sorrise. «È tornata ai suoi vecchi trucchi, vero?»

«Temo di sì. Sa che sono arrabbiata con lei per essere andata ieri sera in quel terribile club. Non doveva andarci, soprattutto non da sola.»

«Sì, è una ragazza spericolata.» L'accento irlandese di Sean ammorbidiva sempre le sue critiche. I due si piacevano molto e Gillian sapeva che lui era preoccupato per Audrey. Così come lo era per Gillian. Sean era il fratello maggiore che lei non aveva mai avuto.

«Speravo piuttosto che si sistemasse. Prima era così ansiosa di vedere il signor St. Laurent ma ora non lo intrattiene nemmeno quando viene a trovarci.»

«È vero» disse Sean, «credo che se fossi io a struggermi per lei, la rapirei e la porterei a Gretna Green. Non lascerei nulla al caso. Ha bisogno di sposare quell'uomo, ma per qualche motivo si è messa contro di lui.»

Gillian sospirò. «Sean, temo che tu legga troppi romanzi gotici se credi che questa sia la risposta ai problemi della mia signora.» Sarebbe diventata vecchia e brizzolata troppo presto se avesse continuato a preoccuparsi così della sua padrona. Ma forse Sean aveva ragione.

«Andiamo a prendere un po' di tè.» Sean la accompagnò giù per le scale, con i graziosi stivali di Audrey infilati sotto un braccio, mentre apriva la porta che conduceva alle cucine.

Il rumore improvviso del battente sulla porta d'ingresso li fece bloccare entrambi.

«Aspetta qui, vado a vedere chi è.» Sean posò gli stivali e si diresse verso la porta. Gillian vide la luce del sole attraversare il corridoio mentre Sean apriva la porta. Una figura alta e sagomata stava lì, con il cappello infilato sotto un braccio.

«Mi chiamo James Fordyce. Vorrei fare una visita alla signorina Sheridan. È in casa?»

James! Gillian si infilò a metà del corridoio che conduceva alle cucine e sbirciò dietro la porta in tempo per vedere James entrare nell'atrio.

«Vado a vedere se la signorina Sheridan accetta visite» rispose Sean prima di salire frettolosamente le scale.

Gillian non poté fare a meno di studiare James dal

suo nascondiglio, ricordandosi di come lui fosse stato la sera prima. Era come se fosse stata una sorta di sogno meraviglioso. Lo scivolamento delle membra, i gemiti e i sospiri, il piacere crescente che l'aveva accecata per alcuni istanti, prima di scendere da tutto ciò, tremante e debole. Avevano davvero fatto l'amore? O era stato un sogno che lei credeva reale solo perché lo desiderava?

James diede un'occhiata al corridoio, senza scorgerla. I pantaloni gli fasciavano le gambe atletiche, quelle stesse gambe che a letto avevano premuto contro le sue. Le spalle larghe riempivano la giacca marrone. Un panciotto dorato metteva in risalto la camicia bianca sottostante, molto simile a quella che lei gli aveva sfilato la sera prima. Un lieve rossore le affiorò sulle guance, cercando di scacciare i ricordi della sera precedente.

Che il cielo mi aiuti. Non era stato un sogno e non avrebbe mai potuto fingere che lo fosse stato. Era impresso a fuoco nel suo cuore.

Un attimo dopo Audrey scese le scale e salutò James con un abbraccio. Gillian trasalì. Sapeva che la sua padrona era affettuosa, ma non poté ignorare il lampo di gelosia che le attraversò gli occhi mentre li guardava toccarsi. Sapeva che non c'era nulla tra loro, naturalmente, ma era *lei* che voleva abbracciare James in quel modo.

«James! Venite in salotto. Farò preparare del tè!»

Mentre i due passavano, Gillian si appiattì contro la parete vicino alle scale che conducevano agli alloggi della servitù, trattenne il fiato mentre ascoltava la voce di James affievolirsi lentamente, allontanandosi sempre di più.

Ho trascorso una notte meravigliosa. È più di quanto la maggior parte delle donne abbia mai avuto. Dovrei essere grata per quello che ho. Un posto sicuro dove posare la testa, una padrona che mi protegge e degli amici.

Ma dopo aver condiviso il letto con il conte di Pembroke, Gillian sapeva che la sua vita non sarebbe stata più la stessa.

5

James non aveva voglia di sedersi, ma quando Audrey gli fece cenno, mentre versava il tè, si comportò come un gentiluomo e si accomodò sulla poltrona più vicina. Si prese un istante per studiare la signora davanti a lui. La giovane aveva un aspetto luminoso e sano, senza alcun accenno degli orrori oscuri che aveva affrontato la sera precedente. Anche lei, come Gillian, non era come tutte le altre donne che aveva incontrato. James era abituato a incontrare creature sciocche e presuntuose che si concentravano solo sul titolo e sulla ricchezza di un uomo. Quelle due piccole amazzoni, con il loro spirito guerriero, lo avevano sorpreso... e lo avevano affascinato.

«Come state dopo la notte scorsa? Temo che a causa del caos non abbiamo potuto evitare di separarci. Spero che il signor St. Laurent vi abbia accompagnata a casa senza problemi.»

«Oh sì.» Audrey gli porse una tazza di tè e James l'accettò, bevendo un sorso solo dopo che la giovane ebbe sorseggiato dalla sua. L'orange pekoe era un tè che il conte non beveva spesso, ma gli piaceva il lieve sentore di spezie sulla lingua. Audrey aveva un gusto eccellente in fatto di tè.

«E la signorina Beaumont? È tornata sana e salva da voi questa mattina?» James aspettò, studiandola, sperando che Audrey tradisse almeno un accenno alla posizione di Gillian o alla natura della loro conoscenza. «Non l'ho vista uscire.»

Le labbra della giovane si incurvarono in un lieve sorriso. «Sì, è tornata. Grazie per esservi preso cura di lei, James. Gillian mi è molto cara, è una delle mie più care amiche.»

«Veramente?» Pembroke si piegò in avanti, desideroso di saperne di più. Gillian si dimostrava continuamente misteriosa, sollevando più domande che fornendo risposte.

«Sì, ci conosciamo da tre anni. Da quando avevamo sedici anni. Le confido tutti i miei segreti.» Audrey lo guardò attentamente negli occhi. «*Tutti*.»

James appoggiò la tazza sul tavolo laccato tra di loro e rivolse un'occhiata in giro per assicurarsi che nessuno li stesse ascoltando. «È a conoscenza della vostra... occupazione?»

Audrey annuì. «E, mio signore, spero che anche voi terrete nascosta questa informazione.»

«Non lo dirò a nessuno, ma temo che il vostro segreto non sia più al sicuro. Dopo la notte scorsa, è chiaro che uomini come Gerald Langley siano in cerca di vendetta. Dovete fare attenzione. Entrambe. Langley ha visto il volto della signorina Beaumont e temo che possa farle del male.» James si portò la tazza alle labbra, soppesando attentamente le parole successive. Era chiaro che Audrey avrebbe protetto la sua amica da qualsiasi minaccia percepita, ma lui sperava che la signorina Sheridan lo vedesse come un alleato. «Esiste un modo per poterla rivedere?»

Lo sguardo acuto di Audrey si posò di nuovo sul conte. «Dipende. Quali sono le vostre intenzioni, James? Come Lady Society, non mi limito a sfidare le convenzioni del *ton* con i miei articoli di denuncia; faccio anche altre cose.»

James annuì. «Sì, ho sentito che voi siete una sensale. E sono qui a pregarvi di aiutarmi a conquistare Gillian... cioè la signorina Beaumont.» Pregò di non far trasparire un filo di disperazione dalla sua voce.

Audrey posò la tazza, il tintinnio della porcellana fece rumore nella stanza altrimenti silenziosa. Si strinse le mani in grembo, il vestito verde pallido frusciò quando gli si avvicinò. L'intensità dello sguardo della giovane era come un raggio di sole pomeridiano e James sbatté le palpebre.

«Devo porvi una domanda. L'onestà è importante, quindi sarebbe saggio che voi mi diceste solo la verità.»

Anche Pembroke si chinò in avanti, percependo la necessità di segretezza di quel momento.

«Naturalmente.» A James non era mai venuto in mente di nascondere i suoi sentimenti o di mentire, non quando si trattava della signorina Beaumont.

«La amate?»

«Amare?» le fece eco. La parola gli riempì il petto con una sensazione di calore. Ma non era uno sciocco. Se avesse risposto di sì, Audrey non gli avrebbe creduto. Lei voleva onestà e lui gliel'avrebbe data.

«Non la conosco da abbastanza tempo da essere certo di amarla, ma so che, dal momento in cui l'ho incontrata, qualcosa sembra combaciare quando siamo insieme. Come i pezzi di un puzzle che scivolano al loro posto o come il modo in cui il mare e la riva si uniscono. Mi sento legato a lei in un modo che sfida ogni spiegazione razionale. La signorina Beaumont è intelligente, compassionevole e coraggiosa. Tutto ciò che vorrei nella compagna della mia vita.»

Le labbra di Audrey si incurvarono leggermente. «E bella?»

«Certo. Ma la bellezza non è solo quella del viso e delle forme. È qualcosa di molto più profondo, si estende nella mente e nell'anima. E la bellezza cresce con il tempo, anziché svanire.»

Audrey si risedette sulla poltrona, con un'espressione pensierosa sul volto.

«Dopo un incontro così breve, è difficile che voi la conosciate bene. E se le vostre supposizioni su Gillian fossero fuori luogo?» Lo sguardo della signorina Sheridan era acuto.

«Temo di non capire.»

«Se sceglieste di stare con lei e questo minacciasse di sgretolare la vostra vita, cosa succederebbe? Ve ne pentireste? La abbandonereste, vorreste non averla mai incontrata?»

James abbassò la testa, riflettendo sulla risposta. Fissò i resti del tè nella tazza prima di parlare di nuovo.

«E la vita di Gillian?» chiese Pembroke.

«Prego?» Audrey sembrava non capirlo, così il giovane continuò.

«Beh, dite che stare con lei potrebbe sgretolare la mia vita ma danneggerebbe anche la sua? Se così fosse, non avrei altra scelta che risparmiare a entrambi quel dolore. Ma se si parla solo della mia vita... beh... Credo che nella vita ci siano alcune persone che valgano il dolore e i momenti difficili. Per me Gillian è quella donna. Credo davvero che valga *tutto*.»

Audrey sorrise, ma James intravide un accenno di tristezza che lo preoccupò.

«Devo avvertirvi. La vita di Gillian non è stata facile e anche lei ha dei segreti. Segreti che, secondo lei, se fossero scoperti, farebbero del male a tutti gli uomini che ha amato. Siete abbastanza coraggioso da affrontare la verità?»

James si accigliò. La verità? Ciò implicava che Gillian stesse mentendo, o almeno che gli stesse nascondendo qualcosa.

«È innamorata di qualcun altro? C'è un altro uomo con cui...»

«No, certo che no!» Audrey lo rassicurò.

Un'ondata di sollievo lo inondò. «Allora sì, posso sfidare qualsiasi verità, purché io abbia la possibilità di conquistarla.»

«Bene.» Audrey batté le mani per la felicità e si chinò in avanti. «Allora ecco cosa dovete fare. Tra una settimana riceverete un invito da mia sorella a partecipare a una festa in casa. Accetterete. Gillian sarà presente. Allora avrete la vostra occasione di conquistarla.»

«Una settimana» mormorò James, ancora accigliato.

«Sapete essere paziente, vero, mio signore?»

«Certo.» James stava quasi per confessare che gli sembrava di aver aspettato Gillian per tutta la vita, ma non aveva capito che era lei che stava aspettando finché non l'aveva vista nella modisteria.

Il conte poteva ancora vedere il volto di Gillian quando aveva tirato la tenda, pensando che fosse stata sua sorella a chiamarlo. Invece aveva intravisto Gillian in un bel vestito viola, con la schiena scoperta, gli occhi grigi spalancati e le labbra così belle. Avrebbe voluto stringerla tra le braccia e baciare via tutte le preoccupazioni che leggeva sul suo volto. Sembrava uno spirito affine. Una donna che aveva passato tutta la vita a preoccuparsi e a prendersi cura degli altri proprio come lui.

Era vero che apparteneva al *Club dei Conti Peccaminosi* ma, a differenza degli altri membri, non poteva perdersi nel gioco d'azzardo, nel vino o nelle donne. Desiderava solo scomparire nell'oscurità di quel club esclusivo. Era l'unico modo che aveva per sfuggire ai suoi fardelli e disprezzava il fatto di averne bisogno. Quando era con Gillian, gli sembrava di poter respirare di nuovo. Lei scacciava le ombre dentro di lui. Per una donna così, avrebbe fatto qualsiasi cosa.

«Ci vediamo tra una settimana.» Audrey si alzò e James sapeva che lo stava congedando gentilmente. Non che gli dispiacesse. Aveva molto su cui riflettere e aveva ancora altre strade da percorrere. Voleva vedere se poteva incontrare Lord Morrey e chiedergli se, in qualche modo, conoscesse Gillian. Audrey aveva detto chiaramente che la giovane aveva dei segreti ma James non riusciva a immaginare nulla di così grave. Era troppo dolce per avere dei segreti davvero dannosi.

Il conte prese il cappello da un cameriere all'ingresso. Audrey lo accompagnò alla porta e lui si fermò mentre usciva nel pomeriggio assolato.

«Signorina Sheridan, se la vedete, ditele...» Non voleva sembrare sciocco e sentimentale. «Ditele che la sto pensando.»

«Lo farò» gli promise Audrey.

James si affrettò a scendere le scale fino alla strada, dove chiamò una carrozza. Raggiunse la casa di Jonathan St. Laurent a poche strade di distanza, sperando di trovarlo in casa. Dopo la missione piuttosto disperata della sera prima, sentiva che lui e Jonathan erano come fratelli d'armi quando si trattava di salvare donzelle in pericolo. Avrebbe voluto chiedere ad Audrey qualcosa di più sul motivo per cui si trovasse lì la sera prima e su come fosse iniziata la sua diatriba con Langley, ma aveva la sensazione che lei avrebbe mantenuto il segreto.

Quando James arrivò a casa di Jonathan, provò il suo appello in una dozzina di modi diversi. Quando si decise a sceglierne uno, finalmente sollevò il battente e bussò alla porta.

Il maggiordomo che gli aprì lo fece entrare e gli chiese di aspettare mentre si accertava che Jonathan potesse riceverlo. Non ci volle molto.

«Da questa parte, mio signore.» Il maggiordomo lo accompagnò in un salotto, dove Jonathan era in piedi accanto a una finestra, ma non era solo. Godric St. Laurent, il Duca di Essex, era con lui e i due fratelli stavano parlando tranquillamente. Godric mise una mano sulla spalla di Jonathan, dandogli una pacca fraterna, prima di voltarsi e vedere James.

«Pembroke, come diavolo state?» Godric gli si avvicinò e gli strinse la mano.

«Io sto bene, Vostra Grazia, e voi?» James sorrise al duca.

«Bene, bene. Offro a mio fratello un po' di consigli sulle donne. È ancora un giovane cucciolo.» Il duca diede una gomitata a James con fare cospiratorio. Jonathan si voltò e Pembroke quasi impallidì. Il giovane aveva un occhio nero e non sorrideva affatto.

La sua serata, a quanto sembrava, era stata molto più difficile di quella di James. Ma non c'era da stupirsi. Jonathan era in forte inferiorità numerica e aveva affrontato diversi uomini contemporaneamente.

Era stata una fortuna che non si fosse procurato altri lividi.

«Non così giovane» sbuffò Jonathan, ma l'affetto per il fratello era chiaro nella sua voce.

«Sì, beh, sei abbastanza giovane per non prendere solo quello che vuoi.»

«E alcune signore si oppongono a essere rapite. Tua moglie lo ha fatto di sicuro.» Jonathan rise. Anche il duca rise, e il suono dei fratelli era così simile che fece sorridere di nuovo James.

«Sì, le mogli all'inizio si oppongono. Ma è così che le fai diventare mogli, quando si oppongono.»

Jonathan sgranò gli occhi e guardò James. «Che ve ne pare di questa logica?»

Godric scrollò le spalle. «Ha funzionato per me e funzionerà per te. Fidati, conosco troppo bene quel piccolo folletto. Non se ne starà seduta ad aspettare una proposta. Potrai chiedere perdono più tardi.»

Jonathan scosse la testa e sospirò. «Non la conosci

come la conosco io. Se mi mettessi contro di lei, non vivrei abbastanza a lungo da raggiungere la fase del perdono.»

James non era certo di quale donna stessero parlando, ma aveva il vago sospetto che si trattasse di Audrey. Solo un uomo innamorato poteva intrufolarsi in un club come aveva fatto Jonathan la sera prima. *Come ho fatto io...*

«Bene.» Godric si concentrò nuovamente su James. «Ho saputo che voi due avete avuto una notte interessante.» Godric lanciò uno sguardo tra James e il fratello minore.

«Sì, è vero. Una notte molto interessante» rispose James con cautela, incerto su quanto Godric sapesse.

«Per quanto mi piacerebbe restare, è meglio che torni da mia moglie. Ha insistito molto perché discutessimo dei progetti per la nursery.»

«Siete in attesa?» James sorrise al pensiero che una delle canaglie più famigerate di Londra si occupasse di una nursery per bambini.

«Sì, il prossimo inverno.» Il sorriso del duca era ampio e i suoi occhi erano caldi. «Il bambino nascerà a gennaio.»

James batté la mano sulla spalla di Godric. «Le mie congratulazioni, allora! Lady Essex deve essere entusiasta.»

«Lo siamo entrambi» rispose Godric, ridendo. «Ma dannazione se la sua condizione delicata le ha impedito di creare problemi. Signore, Emily ha un talento particolare per questo.»

Le parole di Godric si guadagnarono una risata da parte di Jonathan. «Il secondo nome di Emily è *Guai*. Mi ha quasi fatto sparare, da te, da mio fratello, per giunta.»

Il duca lanciò un'occhiata beffarda. «Perché hai cercato di *sedurla*. E non sapevo che tu fossi mio fratello, altrimenti ti avrei dato un pugno.»

«Beh, non sapevo che fosse innamorata di te. Non si può biasimare un uomo che ci prova quando pensa di avere una possibilità.»

Godric incrociò le braccia. «Sì, beh, ora è felicemente sposata con me. E tu hai la tua moglie da catturare.»

A questo punto Jonathan annuì sobriamente e mormorò qualcosa che suonava sospettosamente come: «Catturare...»

«Perché stasera non vi unite a noi per bere qualcosa da Berkley?» propose Godric a James.

«Ne sarei felice.» James e Jonathan si accomiatarono dal duca e presto rimasero da soli. Jonathan espirò, abbassando le spalle.

L'espressione di sconfitta non gli si addiceva. James era abituato ai sorrisi, alle risate e ai racconti divertenti di Jonathan su suo fratello e la sua banda di amici, il *Circolo delle Canaglie*, come Londra aveva preso a chiamarli grazie alle rappresentazioni di Audrey nella sua rubrica Lady Society. Ma quell'uomo tranquillo e sobrio era inquietante.

«Allora, ieri sera» disse, infine, James. «Come diavolo avete fatto a scoprire quell'*hellfire club*?»

Le labbra di Jonathan si contorsero. «Potrei chiedervi lo stesso. Tengo d'occhio la signorina Sheridan. Si caccia sempre nei guai.»

Ah, quindi James aveva avuto ragione nel supporre che Jonathan provasse qualcosa per Audrey. Non poté fare a meno di chiedersi cosa pensasse l'altro uomo dell'occupazione segreta di Audrey come editorialista della *Quizzing Glass Gazette*.

«Allora sapete che...»

«È Lady Society? Sì, l'ho scoperto un'ora prima di finire in quel club infernale. L'ho inseguita, ma quando ho visto...» Si interruppe bruscamente, cancellando ogni emozione dal suo volto.

James strinse le labbra. Jonathan stava nascondendo qualcosa, ma cosa? E perché?

Jonathan si riprese subito. «Tuttavia, sembra che siamo usciti da lì senza subire grossi danni. A noi, per lo meno.»

«Infatti.» James fece una pausa e poi decise di uscire direttamente allo scoperto e porre la domanda che gli bruciava dentro.

«Conoscete la signorina Beaumont?»

«Gillian? Sì.» Jonathan sorrise. «La conosco.»

James quasi cantò per il trionfo. «Che cosa sapete di lei? Ho cercato di saperne di più, ma nessuno sembra conoscerla, e la signorina Sheridan non mi ha voluto rivelare nulla quando sono andato a trovarla prima di venire qua.»

Di nuovo, il volto di Jonathan si chiuse. «Oh, voglio dire che la conosco, ma non in un modo che possa esservi utile, temo. Quanto si può conoscere una persona, in realtà?»

«Voi eravate con me in quel club. Eravate lì con la signorina Sheridan. Erano entrambe in pericolo, e non capisco perché tutti non conoscano la signorina Beaumont.» James arricciò le dita contro i fianchi. «Quella donna è un dannato mistero e mi fa impazzire di preoccupazione per lei.»

Sul volto di Jonathan comparve un'espressione interrogativa.

«Vi piace, vero?»

James non lo negò. «Se riuscissi a trovarla, probabilmente le chiederei di sposarmi, ma continua a sparire a ogni occasione.»

Jonathan rise mentre si avvicinava a un tavolo lungo una parete e prendeva un decanter di brandy. Versò due bicchieri e ne porse uno a James.

«Beh, è una cosa a cui bisogna abituarsi. Le donne come lei raramente stanno ferme e di certo non perdono tempo ad aspettare di essere salvate. Il meglio che possiamo fare è correre per tenere il passo.»

James sorseggiò il brandy e si accigliò. Non gli piaceva il pensiero di non riuscire a raggiungere Gillian. Significava che forse non sarebbe stato lì a proteggerla quando lei ne avesse avuto bisogno. «Andrete alla festa a Rochester Hall la prossima settimana?»

«Non ci avevo pensato, ma mio fratello era lì e mi ha convinto a farlo.»

«Bene, potremo soffrire insieme. La signorina Sheridan ha detto che sarò invitato, ma è da un po' che non partecipo a una festa.» Negli ultimi due anni James aveva rifiutato molti inviti. La malattia di sua madre si era aggravata e lui aveva avuto paura di lasciarla.

Jonathan si passò il bicchiere tra i palmi delle mani e si affacciò di nuovo alla finestra. La strada pullulava di passanti e carrozze.

«Vi sentite mai come se foste un estraneo che guarda questo mondo? Come se il vostro volto fosse schiacciato contro il vetro? Tutto ciò che sentite, è ovattato e ciò che vedete è sfocato. E la cosa più assurda è che non potete avvicinarvi.» La malinconia nella voce di Jonathan bruciò profondamente in James.

«Più di quanto voi possiate immaginare.» A modo suo, James lo capiva. Molti uomini della sua età con titoli come il suo erano sposati o avevano un'amante. Stavano vivendo la loro vita, nel bene e nel male.

Ma non io. Il dottor Wilkes aveva ragione. Non sto vivendo veramente.

Da quando sua madre si era ammalata, James si era abituato a chiudersi nel suo mondo. Era più facile non affrontare le cose che sapeva, gli mancavano. Una moglie, dei figli, una vita. E si sentiva in colpa per il fatto che sua madre avesse perso la sua così presto. Gillian aveva cambiato tutto, aveva risvegliato il suo cuore assopito, come un fulmine errante. Lo aveva resuscitato, ricordandogli tutto ciò che poteva avere. Sapeva che non avrebbe mai mandato via sua madre.

«Jonathan, raccontatemi tutto della signorina Beaumont. *Per favore*, ho bisogno di sapere.»

Il giovane lo guardò. «Posso dirvi poche cose - il suo colore preferito, il modo in cui prende il tè, i suoi libri preferiti - ma non posso dirvi molto di più. Ha i suoi motivi per mantenere il segreto.»

«Così mi hanno detto» mormorò James. «Ditemi tutto quello che potete.»

Jonathan fece un cenno con la testa verso la porta. «Molto bene, che ne dite di una partita a biliardo mentre parliamo?»

James lo seguì. Finalmente avrebbe avuto altri pezzi del puzzle che formava Gillian Beaumont.

❧ 6 ❧

Gillian scese dalla carrozza dopo Audrey e si trovò di fronte all'ampio ingresso di Rochester Hall. «Penso che questa sia una pessima idea.»

«Sciocchezze. Ti ho vista deprimerti per un'intera settimana e ora sei in debito con me.» Il sorriso di Audrey era fin troppo dolce e lo stomaco di Gillian si agitò per il nervosismo. La sua padrona aveva di nuovo qualcosa in mente.

Gillian lasciò cadere il cappuccio del mantello, anche se una brezza fredda giocava con le sue gonne e le agitava i capelli.

«Ma comportarmi come una signora quando non lo sono...»

«Silenzio. Sei una signora. Le circostanze che hai vissuto, non ti rendono meno signora.»

Gillian si accigliò. Era certa che la sua padrona fosse uscita di senno. Quando due giorni prima Audrey le aveva detto che avrebbe avuto bisogno che Gillian svolgesse un ruolo più importante nelle sue iniziative future, si era preoccupata di ciò che questo avrebbe potuto comportare. Quando le era stato detto che avrebbe dovuto fare la signora alla festa della sorella di Audrey, Gillian aveva pregato che stesse scherzando. Ma come al solito, con Audrey, non era così.

«Horatia sa che deve sistemarti in una stanza vicina alla mia, e i servitori che ti conoscono sono stati messi al corrente della situazione.»

«La situazione?» mormorò Gillian. «Che cosa avete detto esattamente?»

«Che stai imparando a recitare la parte della signora, in modo da poter essere una delle attrici di una commedia che tra qualche settimana alcuni amici di Londra metteranno in scena per una festa in casa. Ho detto che mi stai aiutando nella recita e che quindi devi recitare la parte di una signora. In realtà Horatia sa che stiamo perfezionando la nostra recitazione per lo spionaggio. Non le piace che io faccia la spia, ma l'ho convinta che noi due saremmo rimaste vicine a Londra, quindi pensa che sia abbastanza sicuro.»

«Spionaggio? Mia signora...»

«*Audrey*. È meglio che tu prenda l'abitudine di chiamarmi così. Gli altri ospiti penseranno che sia strano se mi chiami sempre *signora*. Per i prossimi giorni tu stessa sarai una signora. Non dimenticarlo.» Audrey lasciò cadere il cappuccio quando raggiunsero l'ingresso di Rochester Hall. La porta si aprì e diversi giovani camerieri sfrecciarono davanti a loro dirigendosi verso la carrozza per prendere le loro valigie.

«Sei la signorina Beaumont» le ricordò Audrey, sussurrando. «Non dimenticarlo, qualunque cosa accada.»

Signorina Beaumont. Cielo, che confusione!

«Audrey!» Horatia apparve sulla soglia, con una mano tesa e l'altra appoggiata sul ventre gonfio. Il suo primo figlio sarebbe nato tra un mese e lei era decisamente raggiante. Il *Circolo delle Canaglie* e le loro mogli erano sulla buona strada per creare un circolo di baby canaglie, che il cielo li aiutasse tutti. A parte Horatia ed Emily, la Duchessa di Essex, anche Anne, la cognata di Horatia, avrebbe partorito nello stesso periodo di Emily.

«Sorella!» Audrey abbracciò Horatia e Gillian rimase poco distante, osservandole con una punta d'invidia. Non avrebbe mai avuto un legame familiare così stretto e intimo.

«Signorina Beaumont.» Horatia fece cenno a Gillian di entrare, la abbracciò e sussurrò: «Non preoccuparti, è tutto pronto. Divertiti e rilassati.»

«Grazie.» Gillian si costrinse a guardare Horatia con il mento sollevato. Se doveva recitare la parte di una signora, doveva essere convincente.

«Siete entrambe nell'ala est, insieme alla maggior parte degli altri ospiti.»

«Quanti ospiti verranno?» chiese Gillian, prima di imprecare dentro di sé. Era la domanda di una serva, vero? A una signora non sarebbe importato, né avrebbe osato indagare sulla questione.

«Una trentina. Per lo più alcune famiglie locali e qualche altro ospite.» Improvvisamente Horatia trasalì e portò una mano sulla pancia.

Audrey le afferrò la mano. «Horatia?» Lei e Gillian si scambiarono uno sguardo preoccupato.

«È il bambino. Sta scalciando... Scusatemi, devo usufruire dei servizi.» Horatia si diresse frettolosamente verso un corridoio.

«Vuoi che ti aiutiamo?» le chiese Audrey.

«No. Starò bene» le assicurò Horatia, prima di precipitarsi rapidamente nel corridoio più vicino.

«Il bambino scalciava?» Audrey inclinò la testa, perplessa. «Per quale motivo?»

Gillian ridacchiò. La sua padrona sapeva ben poco di bambini e di parto.

«A volte un bambino può essere posizionato in modo tale che, quando si muove, può accelerare la necessità di una signora di alleggerirsi.»

«Oh, capisco!» Audrey arrossì e sbirciò nella direzione in cui era andata la sorella. «Sembra davvero terribile.»

«Mi hanno detto che può essere fastidioso.»

Audrey si voltò verso di lei mentre aspettavano che i camerieri portassero i loro bagagli.

«Come fai a sapere tante cose sui bambini?»

Quella domanda fece sorridere Gillian. «Mia madre era aperta a condividere con me questi dettagli. Sua madre, mia nonna, era stata un'ostetrica. Abbiamo aiutato una vicina a far nascere un bambino prima che arrivasse il medico.»

«Perché non me lo hai mai detto?» Audrey infilò il braccio in quello di Gillian e seguirono i camerieri che portavano le valigie nelle loro stanze nell'ala est.

«Perché non sono sicura di doverlo condividere con te, visto che sei così schizzinosa su questi argomenti. Probabilmente non vorresti mai avere un figlio.»

«Non sono schizzinosa!» obiettò Audrey.

«Lo sei» insistette Gillian. «Ricordi quella volta che ti sei punta il dito con un ago e il sangue...»

«Oh, zitta! Non me lo ricordare. È stato così mortificante. È stato difficile dimenticare quanto mi sia sentita sciocca a svegliarmi sul pavimento. E di fronte a Emily e Anne, per giunta.» Audrey si morse il labbro, accigliandosi al ricordo, e Gillian le diede una pacca sulla mano.

«Vorrei che stasera Lady Essex e Lady Sheridan fossero qui» ammise Gillian.

«Anch'io. Ma stanno partendo per Brighton con i loro mariti. Hanno a che fare con l'acquisto di alcuni cavalli da monta. Emily è molto interessata a unirsi a Cedric e Anne nell'allevamento dei nuovi arabi.»

«E Ashton e Rosalind?» chiese Gillian, chiedendosi

quali fossero gli altri amici di Audrey che non potevano andare alla festa.

Le due giovani si fermarono all'inizio di un corridoio che le avrebbe condotte alle loro stanze. «Sono in Scozia per vedere i fratelli di Rosalind e le loro famiglie. Sono proprio dei diavoli, sai, anche se lo dico con affetto, naturalmente. Sta cercando di convincerli a venire a trovarci, ma suppongo che un castello in Scozia sia molto più interessante di una noiosa casa di campagna nel sud dell'Inghilterra. Non sei d'accordo? Io mi caccerei in guai così piacevoli se avessi la possibilità di girare per un castello. Pensi che possa essere infestato? I castelli sono sempre infestati, no?»

Gillian rise. «Suppongo che ci sia un fantasma o due in ogni vecchia casa. Ma dovremmo davvero cambiarci e vedere se tua sorella ha bisogno di aiuto.»

Audrey la fissò con uno sguardo severo. «Ha una flotta di servitori, e tu non sei una di loro. Ora vai a indossare l'abito che ti ho comprato, quello con la fascia bianca intorno alla vita e i fiorellini bianchi sulle maniche e sull'orlo. Sarà perfetto per stasera. Avrai un aspetto incantevole.»

Gillian assecondò il desiderio della sua padrona, anche se sapeva di non avere alcun motivo per essere elegante. Quel pensiero le faceva male al cuore.

Si separarono e Gillian trovò la sua stanza. Era strano pensare che avrebbe dormito in quella camera, con i suoi colori meravigliosi e il grande letto a baldacchino. Si era abituata agli alloggi della servitù e avere tutto quello spazio per sé era inquietante.

Accarezzò il copriletto blu e le sue dita tracciarono il ricamo d'oro. Si avvicinò alla finestra, felice del panorama sui giardini, ma il suo cuore si fermò quando vide che su un prato c'erano due uomini, che, parlando, facevano oscillare le mazze da croquet.

James. James Fordyce era lì e stava parlando con Jonathan St. Laurent. Per un lungo istante Gillian non riuscì a superare lo shock di vederlo. Aveva creduto che non l'avrebbe più rivisto, che tutto quello che era successo tra loro due fosse passato, ma ora...

«Oh!» sussultò, rendendosi conto che Audrey doveva sapere che James sarebbe arrivato. La sua padrona conosceva sempre quei dettagli. Non c'era altra spiegazione. La scusa di Audrey, secondo cui fosse per migliorare la sua abilità di spia, era una bugia.

La sua padrona l'aveva condotta direttamente in quella situazione. L'aveva tradita. Gillian uscì di corsa dalla stanza e andò dritta alla porta di Audrey, battendovi sopra.

«Sì?» La voce di Audrey giunse dall'interno e Gillian non aspettò. Irruppe all'interno e lanciò un'occhiata alla sua padrona.

«È qui.»

«Chi?» le chiese Audrey.

«Lord Pembroke. È qui.»

«James? Veramente?» Gli occhi di Audrey si illuminarono, poi si restrinsero. «Oh cielo, dovrai vederlo, vero? Questo complica le cose...»

Gillian la fissò per un attimo senza parole. «Tu... noi...» Tirò un respiro tremante. «Non l'hai invitato qui per me, vero?»

«Cosa? No, certo che no. Mi hai detto che volevi dimenticare, andare avanti. Siamo amiche e lo rispetto.»

«Sì» mormorò Gillian. «Certo.» Credeva davvero che Audrey non si fosse intromessa? Sinceramente non ne era sicura.

«Suppongo che dovremo assicurarci doppiamente che creda che tu sia una signora, non è vero?» Audrey incrociò le mani, premendo le punte delle dita.

Gillian si appoggiò alla porta chiusa. «Forse dovrei fingere di essere malata per il resto della festa.»

«Sciocchezze! Dovremo affrontare la cosa di petto. L'hai visto? Andiamo a fare un piccolo incontro e chiudiamo la questione. Tu puoi salutarlo, lui può salutarti e poi possiamo tornare a casa.»

«Non credo...»

«Prendi il tuo scialle e andiamo» le ordinò Audrey.

Gillian tornò nella sua stanza e scelse uno scialle bianco che si abbinava con l'abito da camera blu scuro che indossava. Raggiunse Audrey nel corridoio e si incamminarono a braccetto. Nell'ultimo anno Gillian era stata un paio di volte in quella casa e si era sempre persa nella bellezza dell'architettura e delle statue di marmo del grande salone. Il Marchese di Rochester aveva un gusto squisito.

«Dove l'hai visto?» le chiese Audrey.

«Nei giardini. Credo che stessero giocando a croquet.»

«*Stessero?*» le chiese Audrey. «James era con qualcuno?»

«Sì, era con il signor St. Laurent.»

Audrey si fermò di scatto, il suo volto impallidì. Sembrava che fosse sul punto di svenire.

«Non sapevi che sarebbe venuto?» le chiese Gillian.

«No, mi hanno detto che *non* sarebbe venuto.» Audrey inspirò lentamente e sollevò la testa. «Molto bene. Affronteremo insieme la riunione.»

«Sì» disse Gillian. «Li affronteremo e poi torneremo di corsa a casa con la coda tra le gambe.»

«Sciocchezze. Siamo signore di qualità, Gillian. Non fuggiamo. Ci allontaniamo alacremente da ciò che ci angoscia.» Audrey lo dichiarò con una dignità così pomposa e beffarda che Gillian non poté fare a meno di ridacchiare. Eppure era preoccupata per la sua padrona. Che cosa era successo tra Audrey e Jonathan? Era simile a quello che era successo tra lei e James? Gillian scacciò il pensiero. Sicuramente la sua padrona non sarebbe stata così avventata.

Uscirono dalla casa e si incamminarono lungo il sentiero. C'era una serie di giardini recintati, fiancheggiati da porte di legno che potevano essere chiuse a chiave quando non erano in uso. Gillian sapeva dalla sua ultima visita che il cuoco di Rochester Hall usava i giardini per coltivare meloni, uva, pesche, nettarine e anche fiori esotici come orchidee e garofani per le decorazioni. I garofani erano, ovviamente, i suoi fiori preferiti e l'ultima volta che era stata lì, il cognato di Audrey le aveva permesso di portare un fiore nel suo alloggio. Lo aveva tenuto in una piccola tazza d'acqua per diversi giorni, osservandolo alla luce del sole che filtrava dalla finestra della sua camera. Era stata la sua piccola gioia di quella settimana.

Davanti a loro, Jonathan e James stavano mettendo via le mazze da croquet, mentre un cameriere si affrettava a raccogliere gli archetti sul prato.

«James!» Audrey salutò entrambi gli uomini vicino alla casetta. Jonathan batté la testa mentre si raddrizzava, fece una smorfia e si strofinò la testa, poi si voltò e sorrise esitante a Gillian mentre lei e Audrey si avvicinavano.

«Signore!» James si spolverò i palmi delle mani sui pantaloni e sorrise. «Signorina Beaumont, sono felice di rivedervi e di vedervi così in forma.»

«Grazie.» Gillian si trattenne a stento dall'abbassare lo sguardo e incontrò invece quello di lui. Doveva comportarsi come se fossero alla pari. Era sbalordita dalla vitalità che lui emanava in quel momento. La guardava come se fossero completamente soli, nella sua camera da letto, dove il mondo esterno non aveva alcuna influenza.

«Gillian, vado a controllare gli ananas. Horatia mi ha chiesto di farlo.»

«Ananas?» Gillian non ricordava che Horatia avesse chiesto alla sua padrona di fare una cosa del genere.

«Sì, gli *ananas*.» Audrey rivolse a Gillian uno sguardo complice e a James un lieve cenno di saluto.

«Oh... sì...» Gillian si riprese e stette al gioco. «Spero che stiano crescendo bene.»

«Ed è proprio su questo che andrò a indagare.» Audrey li salutò.

Jonathan la guardò andar via, poi se ne andò nella direzione opposta, farfugliando qualcosa. Gillian era di nuovo rimasta sola con James. Questo non faceva parte del piano che lei e Audrey avevano concordato, ma non riusciva a trovare il coraggio di preoccuparsi della natura scandalosa del momento. Vederlo di nuovo le fece dimenticare che voleva evitarlo.

«Ve ne siete andata prima che potessi salutarvi» disse James, avvicinandosi di un passo. I suoi occhi marroni la scaldarono e per un istante lei avrebbe voluto gettarsi su di lui, di implorarlo di baciarla, di farle dimenticare le preoccupazioni, la sua vita noiosa e tranquilla.

«Mi dispiace. Stavate dormendo così serenamente e non volevo svegliarvi.»

«Ma è la parte migliore della mattina, svegliarsi accanto a una donna adorabile. Mi siete mancata immensamente.» Quelle parole dolci e il tenero luccichio dei suoi occhi mentre si avvicinava le fecero fremere il cuore. Gillian non riusciva a credere che fossero lì, insieme, a parlare della notte che avevano condiviso e di quanto gli fosse mancata la mattina dopo.

James frugò nella tasca del panciotto e tirò fuori un garofano rosso.

«Per voi. Mi hanno detto che è il vostro fiore preferito.» Il giovane si acciglió notando i petali leggermente sgualciti. «Mi dispiace, speravo di portarvelo prima, quando ho saputo che sareste stata qui.»

Gillian accettò il fiore, con la mano che le tremava leggermente. James l'avrebbe portato con sé finché non l'avesse vista? «Come sapevate che era il mio fiore preferito?»

Il giovane si morse il labbro e sorrise in modo peccaminoso. «Il signor St. Laurent ha ceduto alle mie suppliche e mi ha rivelato alcuni dettagli sulla vostra vita, sui vostri gusti e sulle vostre preferenze.» Ma Jonathan non gli aveva detto che era una serva? Gillian avrebbe voluto abbracciare Jonathan, ma non avrebbe dovuto sorprendersi. Anche lui un tempo era stato un servo e sapeva quali difficoltà avessero dovuto affrontare.

James le tese la mano in segno d'invito silenzioso. *Rifiuta. Allontanati. Sii ragionevole.*

Gillian scacciò quella voce nella sua mente. Mise la mano in quella di lui che la condusse lungo il sentiero del giardino, lontano dalle case e dai giardini recintati.

«Quindi conoscete i miei gusti e le mie preferenze?»

«Sì. Vediamo.» James la prese a braccetto, avvicinando ancora di più i loro corpi. «Vi piace cavalcare ma non riuscite a farlo quanto vorreste, adorate il Natale e, più di ogni altra cosa, vi piace leggere. Non sopportate il sapore dell'anatra e non siete abile a dipingere o a suonare strumenti.»

«Abile? Cielo, voi gentiluomini avete degli standard così elevati. Cosa non darei per essere valutata come un uomo. Sono intelligente? Sono brava con i numeri negli affari?»

James ridacchiò. «Ho sempre pensato che i risultati artistici di una signora fossero un po' sciocchi. Voglio dire, è dannatamente impressionante vedere i ricami di mia sorella, ma mi dà ben poco da discutere con lei. Grazie al cielo Letty è una lettrice come voi.» Le lanciò un'occhiata, con un sorriso malizioso sulle labbra. «Se voi foste un gentiluomo, cosa fareste nella vostra giornata?»

Gillian rifletté sulla domanda. Gli uccelli tra gli alberi cinguettavano leggermente mentre la ghiaia scricchiolava sotto i loro stivali, dando l'inquietante sensazione che quel momento potesse durare per sempre, e lei lo voleva.

«Suppongo che vorrei lavorare nel commercio. Non sono una che sta ferma. Aprirei un negozio, una libreria, e mi divertirei immensamente a gestirla.»

«Mi piace.» James ridacchiò. La sua voce ricca e profonda le ricordava fin troppo bene la notte in cui avevano fatto l'amore.

«E voi?» gli chiese Gillian. «Se non doveste gestire la vostra tenuta, cosa fareste?»

«È semplice. Verrei a lavorare nella vostra libreria. Prometto di saper prendere gli ordini abbastanza bene.» Le fece l'occhiolino e lei arrossì.

Quando raggiunsero una serie di scale che conducevano a una terrazza, James singhiozzò, come se sapesse che presto le loro strade si sarebbero separate. Gillian salì qualche gradino, ma lui le voltò le spalle affinché lo guardasse.

«Gillian, voglio... conoscervi. Credo che se me ne deste la possibilità, potrei corteggiarvi come si deve. Ma se continuate a scappare da me, io...» Le prese le mani. «Non provate i miei sentimenti?» Fissò le loro mani e intrecciò le dita con quelle di lei. «Quando sono con voi, è come se il mio cuore fosse attraversato da fuoco e luce, eppure sento una tranquillità che non ho mai saputo essere possibile. Ditemi, mi sbaglio? Sono l'unico a sentire questo tra noi?» Quando James alzò lo sguardo su di lei, i loro volti erano allo stesso livello perché Gillian aveva fatto un passo avanti.

«Io...» Mille sì danzavano sulla punta della sua lingua ma aveva paura di pronunciarli. Non poteva permettere che quella follia continuasse. «Non importa quello che provo. Ciò che conta è che non sono la donna per voi, Lord Pembroke. Mi dispiace.»

La luce della speranza che ardeva negli occhi di James

si affievolì. Gillian si meravigliò di come, anche nel dolore, fosse meravigliosamente bello.

«Chi può dire che non lo siete? C'è un altro? Se è così, allora io...» Il giovane soffocò le parole. «Cederò. In caso contrario...»

Gillian avrebbe dovuto mentire, dirgli che apparteneva a qualcun altro, ma non poteva. «Non c'è nessun altro.»

Gli occhi di James si illuminarono di nuovo e il cuore di lei sussultò. «Allora provate *qualcosa* per me. Se non lo provaste, scartereste con facilità il mio desiderio di corteggiarvi.»

Gillian non poteva ingannarlo, almeno per quanto riguardava i suoi sentimenti. «Lo ammetto, sono i miei sentimenti per voi a rendere così difficile resistervi.»

Prima che la giovane potesse reagire, James la tirò tra le sue braccia, baciandola. Il ricordo di essere abbracciata a lui, pelle a pelle, le tornò alla mente. Quei baci alimentarono quel fuoco gentile dentro di lei, portandolo a un ruggito. Sulla scia di un bacio come quello, non poteva resistere.

«Per favore. Lasciate che vi corteggi.» La mano di lui scivolò lentamente lungo la schiena di lei, stringendola a sé, con una presa gentile ma possessiva.

«James...» mormorò Gillian ma non aggiunse altro.

«Ricordami come vivere, Gillian. Dammi la possibilità di dimostrartelo a mia volta. È tutto ciò che ti chiedo. Una possibilità.»

Una possibilità. Una possibilità di vivere. Era tutto ciò che aveva sempre sognato, sperato, ma non poteva durare. Poteva essere solo una bella illusione che un giorno sarebbe stata smascherata per la menzogna che era.

«Ti prego, amore mio.» James la baciò di nuovo, con una tenerezza che le fece venire le lacrime agli occhi.

«Io... Sì... Puoi corteggiarmi.» Nel momento in cui quelle parole lasciarono le sue labbra, sapeva di essere dannata, ma il desiderio di sperimentare la vita superava la consapevolezza che presto sarebbe crollata intorno a lei.

James rise trionfante, tirandosi indietro per guardarla. «Allora andiamo a cavallo.»

«Ora? Gli ospiti stanno ancora arrivando.»

«Non me ne frega niente di loro. Voglio solo stare con te.» La gioia fanciullesca di lui e il calore delle sue braccia, le confusero il buon senso.

«Io... suppongo che nessuno sentirebbe la nostra mancanza se ci allontanassimo per un po'.»

«Non mancheremo a nessuno. È il vantaggio di una grande festa in casa.» James le prese la mano e si avviarono verso le stalle, ridendo come bambini.

Per la prima volta in vita sua, Gillian si sentì libera.

LA SIGNORINA VENETIA SHARPE SI TROVAVA SULLA terrazza posteriore di Rochester Hall, davanti ai giardini, e sussultò vedendo qualcosa di assolutamente scandaloso. James Fordyce, conte di Pembroke, stava baciando una donna. Non le stava baciando la mano e nemmeno il saluto un po' osé che i francesi facevano con i loro baci sulla guancia. No, quello era un bacio appassionato con la bocca aperta e le mani che vagavano.

«Buon Dio!» Si coprì la bocca. Li fissò ancora per un istante prima di rendersi conto che avrebbero potuto vederla. Si acquattò dietro la parte della casa vicina alla porta che conduceva all'interno. Sbirciando dietro l'angolo, intravide Pembroke e la donna correre insieme verso le stalle, mano nella mano. Venetia si guardò intorno e vide un giovane cameriere. Quando gli si avvicinò, lui le aprì la porta e lei le indicò i giardini.

«Conosci quella donna, la signora con il conte di Pembroke?» Venetia, in quanto figlia di un ricco visconte, sapeva che la servitù era al corrente di quasi tutto ciò che accadeva in casa e che si poteva contare sul pettegolezzo per il prezzo giusto.

Il cameriere si guardò i piedi.

«Dai, devi dirmelo. È un'ospite della festa. Dovrei davvero sapere il suo nome per non fare la figura della sciocca quando questa sera ci incontreremo a cena.»

Quelle parole sembrarono rilassare il giovane. «Quella è la signorina Gillian Beaumont.»

«Gillian Beaumont?» Venetia si batté il mento. Conosceva quasi tutti i personaggi di spicco di Londra, e conosceva solo una famiglia che portava il nome Beaumont. Il conte di Morrey e sua sorella, Caroline.

«È di Londra? O viene dalla campagna?» chiese al cameriere che distolse nuovamente lo sguardo.

«Non lo so bene, signorina» rispose, scusandosi. «Sono nuovo qui, vedete. Ho iniziato solo la settimana scorsa. So che si chiama Miss Beaumont perché mi è stata indicata. Ho aiutato a prendere la sua valigia dalla carrozza.»

«Hmm...» Accigliata, Venetia si voltò di nuovo verso la finestra.

Lord Pembroke era considerato un buon partito e Venetia aveva passato tre stagioni a fare del suo meglio per attirare l'attenzione, ma senza successo. Quindi, naturalmente, vedere l'uomo che desiderava sposare, baciare una donna nei giardini come un uomo bacerebbe la sua amante era sconvolgente.

Venetia strinse le mani a pugno ma mantenne la sua compostezza. Sapeva cosa doveva fare: scrivere a Leticia Fordyce e informarla delle azioni sconsiderate del fratello. Avrebbe scritto anche a Lord Morrey, chiedendo gentilmente se avesse delle cugine in campagna. Venetia aveva bisogno di sapere chi fosse la sua rivale. Voleva diventare contessa di Pembroke e avrebbe fatto di tutto per riuscirci.

❧ 7 ❧

Gillian rideva mentre il suo cavallo galoppava davanti a quello di James, lungo un campo di fiori selvatici ed erba color grano. Quell'anno l'estate tardiva si era prolungata, lasciando il campo luminoso di colori e di vita. Il rombo degli zoccoli le fece gettare uno sguardo alle sue spalle. James stava sorridendo in sella a un castrone nero. I loro sguardi si incontrarono e lui batté il frustino sul fianco del cavallo. L'animale prese il comando molto seriamente e, all'improvviso, James si trovò a galoppare accanto alla giovane.

«Il primo che arriva alla strada vince!» gridò Pembroke.

Gillian si chinò sul proprio cavallo, stringendo le redini, ascoltando i respiri costanti ma affannati della cavalla.

«Forza, puoi batterlo» sussurrò la giovane. Poi diede

un calcio alla cavalla che aumentò il passo. Quel tanto che bastava per passare in vantaggio.

La fine della strada arrivò fin troppo presto. Gillian rise, frenando l'animale finché non sbuffò e iniziare ad agitarsi sul posto.

James guidò il suo cavallo vicino a quello della giovane e le loro ginocchia si sfiorarono leggermente. «Hai vinto.» Gillian aveva chiesto allo stalliere di darle una sella normale anziché una all'amazzone, perché si sentiva più a suo agio a cavalcare con le gambe appoggiate su entrambi i lati. Le sue gonne si erano sollevate in modo troppo scandaloso, ma lì nessuno poteva vederle.

«Credo che tu l'abbia trattenuto» disse Gillian, senza fiato per l'eccitazione.

«Certo che no! Un uomo non perderebbe mai volentieri.»

«Un gentiluomo potrebbe» rispose la giovane con un sorriso complice. James con lei era sempre stato un gentiluomo e senza dubbio l'avrebbe fatta vincere.

«Forse. Dipende da quanto gli piace la signora contro cui sta correndo.» Pembroke avvicinò il cavallo e poi diede un'occhiata in giro. «Perché non li conduciamo fino a quel boschetto di alberi e li lasciamo pascolare un po'?»

«Va bene.» Gillian iniziò a smontare, ma James era già sceso dalla sella e le afferrò delicatamente la vita per aiutarla a scendere a terra.

Rimasero vicini per un istante, i corpi premuti l'uno

contro l'altro, il respiro di lui che le scaldava la pelle, prima di lasciarla. James si schiarì la gola e fece un passo indietro, e Gillian riprese il controllo, spazzolandosi il vestito per togliere la polvere della cavalcata. Si avviarono verso gli alberi che lui aveva indicato e fecero passare le redini dei cavalli su un ramo basso.

I due giovani iniziarono a camminare nel campo, fianco a fianco, senza parlare, mentre una brezza attraversava il prato. Le nuvole bianche sopra di loro si gonfiavano e si arrampicavano l'una sull'altra. Gillian studiò il cielo e guardò James. Il vento gli stuzzicava i capelli castano scuro e sulle sue labbra si disegnava un lieve sorriso. Mai in vita sua Gillian aveva visto qualcosa di così bello come il sole del tardo pomeriggio illuminare le sfumature color rosso e oro tra le ciocche color cioccolato dei capelli di James.

All'improvviso le prese la mano. «Raccontami qualcosa di te, della tua infanzia.» Gillian non aveva indossato i guanti e la sensazione delle loro pelli che si sfioravano, le riportò alla mente i ricordi della loro meravigliosa notte insieme.

«La mia infanzia?» Gillian lo guardò accarezzarle il palmo, tracciando con l'indice dei disegni intricati. L'intensità di quell'attenzione e il tocco sensuale e tenero le riempirono il cuore di nuovi desideri proibiti. Aveva promesso che una notte sarebbe stata l'unica che avrebbe potuto avere con lui, ma il destino le aveva concesso ancora qualche giorno. Poteva correre il rischio di goderseli?

«Sì, dimmi tutto. Ho tanta voglia di conoscerti, di conoscere la *vera* te.» Il tono di James era implorante e lei si accorse di non volergli negare nulla. Ma lui poteva sapere che fingeva di essere una signora?

«La vera me?»

«Sì. Tutti hanno un volto pubblico, ma chi siamo quando siamo in società, non è sempre chi siamo veramente.» Quelle osservazioni sulla società e sulle persone che ne fanno parte, facevano onore alla profondità del carattere di James.

«Oh!» Gillian si morse il labbro, chiedendosi se potesse esserci un altro James, uno che non aveva mai conosciuto. «Allora devo supporre che lo stesso valga per te. Dovresti iniziare tu.»

La risatina bassa del giovane la fece sorridere. «Sempre un passo avanti a me. Molto bene.» James si mise in posizione seduta e rilassata sull'erba e lei lo raggiunse. L'erba dorata del prato era cresciuta al punto che, quando si sedettero, arrivava fino alle loro spalle e lei stranamente si sentì al sicuro e nascosta dal mondo. James le teneva ancora la mano mentre iniziava a parlare: «Mio padre amava le mappe. Le collezionava. Aveva mappe di tutto il mondo e da ragazzo andavo nel suo studio a guardarle. Aveva un grande mappamondo, era su un fuso che potevo muovere con cautela in modo che girasse lentamente. Mi piaceva vedere i continenti, le scritte dorate dei nomi dei paesi che lampeggiavano alla luce dorata e...» Si fermò bruscamente, fissando il cielo.

«E cosa?» lo incalzò Gillian.

«Chiudevo gli occhi e per un breve istante facevo finta di poter volare.» Indicò un uccello volteggiare in lontananza. «Proprio come quello, come un falco, che si libra sul mondo.» La guardò di sottecchi, con il viso leggermente arrossato. «Sembra una sciocchezza, immagino.»

«No! Sembra meraviglioso. Mi è sempre piaciuto osservare i falchi nel prato, come si librano nel vento mentre cercano i topi. È una sensazione potente, immaginare di poter volare. Anche Leonardo da Vinci ha fatto sogni del genere. Hai visto gli schizzi del suo apparecchio volante?»

James annuì. «In effetti è così. Davvero straordinario.» Portò la mano di Gillian alle labbra e gliela baciò prima di chiuderle le dita, come a sigillare quel bacio.

«Tocca a te» disse lui, guardandola attentamente.

Un rossore si insinuò sulle guance della giovane e, all'improvviso, sentì un groppo in gola. Non si sarebbe mai abituata a quell'uomo che la guardava in quel modo, a essere vista come se non fosse una serva.

«Mio padre...» Gillian si schiarì la gola, cercando di seppellire l'ondata di emozioni che lui aveva fatto emergere. «Non c'è stato per gran parte della mia infanzia. Aveva dei doveri che lo tenevano lontano. Ma quando c'era, amava interrogarmi. Pagava affinché avessi i tutori migliori. Non mi ha mandata in nessuna scuola di specializzazione; anzi, voleva che la mia educazione fosse speciale. Spesso diceva che a nessuno dei suoi figli, indipendentemente dal sesso, sarebbe mancata l'istruzione.» Fece una pausa, sorridendo un po' a quel ricordo.

«Un uomo che crede nell'educazione delle donne. Mi sarebbe piaciuto.»

«Già» concordò la giovane. «Mio padre era tenuto lontano da me e mia madre per motivi di lavoro, quindi non lo vedevamo se non qualche volta la settimana. Ci sedevamo per il tè del pomeriggio e lui mi faceva delle domande. Ogni volta che indovinavo la risposta, mi dava una fetta di ananas. Sono così rari che non li mangiavamo spesso. Ma lui cercava sempre di trovarne uno e di portarlo con sé quando tornava a casa. Ricordo come rideva quando il cuoco si accigliava e brontolava per aprirlo. Ha una buccia così spessa e pungente.» Sorrise, riuscendo ancora a vedere il volto di suo padre mentre le porgeva le fette di ananas.

«Sembra un uomo meraviglioso.»

«Lo era» concordò lei. Suo padre aveva sofferto tanto dopo aver perso la prima moglie, e aveva amato veramente sua madre e lei. Gillian desiderava solo che lui avesse sposato sua madre, ma l'unione sarebbe stata oltremodo scandalosa. Sua madre era nata in un bordello e cresciuta per compiacere gli uomini. Non aveva mai avuto la possibilità di vivere una bella vita, se non come amante di un uomo. Ma suo padre una sera l'aveva incontrata in un hellfire club e l'aveva portata via, verso una vita felice, per quanto potesse essere felice. Gillian tornò a concentrarsi sulla storia, cercando di scacciare il dolore.

«Anche lui se ne concedeva sempre una fetta quando azzeccavo una domanda.» La giovane rise. «Vorrei...» Le si strinse la gola e per un attimo non riuscì a continuare.

«Che cosa vorresti?» James le si avvicinò e le prese il mento, girandole il viso. La verità su chi fosse veramente stava per sfuggire, ma la giovane mantenne il controllo.

«Vorrei aver avuto più tempo con lui prima che morisse.»

«Quanti anni avevi quando è morto?» James le passò il pollice sul mento. Gillian rabbrividì, mentre delle piccole pulsazioni di calore si accendevano dentro di lei.

«Solo quindici anni. Quando se ne andò, sapevo che tutto sarebbe cambiato. Ero cresciuta in un piccolo bozzolo sicuro, ma quando morì, mia madre ed io facemmo fatica perché lui non ci aveva lasciato un'eredità. Lei era sempre stata cagionevole di salute e non aveva la costituzione per sopravvivere senza di lui. Lo amava moltissimo.» Non poté fare a meno di pensare alla madre di James, a quanto fosse sola e smarrita, a come la sua malattia l'avesse privata troppo presto di gran parte della sua vita. Nonostante Gillian fosse così diversa da James, condivideva con lui più di quanto avesse capito.

«Avevo sedici anni quando mio padre è morto» disse James a bassa voce. «Anche se mia madre è ancora viva, a volte mi sento un po' orfano. A volte il senso di colpa mi strazia.» La sua voce era roca quando incontrò gli occhi di Gillian e poi distolse lo sguardo, come se temesse di averle rivelato troppo del suo cuore. Pembroke inclinò la testa all'indietro, crogiolandosi al sole. «Non sarebbe meraviglioso rimanere qui così?» Si appoggiò sui gomiti, con i piedi incrociati alle caviglie.

«Già» concordò lei. Non voleva pensare alla sua vita senza James o a come sarebbe finita al termine della festa e sarebbero tornati entrambi alle loro vite. All'improvviso, un senso di disperazione la riempì e si chinò verso di lui, posandogli una mano sul petto.

«Baciami, *ti prego*,» sussurrò Gillian.

«Pensavo che non me lo avresti mai chiesto.» James le si avvicinò e le passò una mano intorno al collo, tirandole la testa verso di sé. Le loro labbra si incontrarono con un fuoco divino e Gillian fremette per quella dolcezza. Il corpo della giovane si animò a quel tocco, chiedendo tutto ciò che lui poteva darle. James sembrò percepire quell'urgenza e la fece rotolare sotto di sé sull'erba. La baciò con un'intensità selvaggia e Gillian divaricò le cosce per permettergli di sdraiarsi su di lei.

«L'ultima volta ho avuto fretta, sono andato troppo veloce. Non farò più lo stesso errore» giurò James. «Ti meriti il meglio che un uomo possa dare alla sua donna.»

La sua donna. Quelle due parole le fecero sobbalzare il cuore nel petto. Nonostante lei gli dicesse continuamente che non potevano stare insieme, tutto nelle azioni del giovane diceva che, se avesse potuto, l'avrebbe sposata il giorno dopo. Non osò pensare troppo a quanto questo la facesse stare bene, perché non poteva permettere che accadesse.

Gillian gli avvolse le braccia intorno al collo e gli tirò la testa verso di sé. Ma lui non la baciò a lungo, le posò le labbra sulla gola, sulla clavicola e infine sulle curve dei seni. Per una volta la giovane maledisse i vestiti che indossava, proprio come lui.

«Abiti maledetti» mormorò James.

Scese lungo il corpo di lei, sollevandole le gonne fino ai fianchi. Ridendo dolcemente, si fece largo tra la montagna di sottovesti e indumenti intimi fino a trovare il suo centro caldo. Accarezzò il bocciolo sensibile, stuzzicandolo senza sosta, prima di infilare finalmente un dito dentro di lei, torturandola di piacere. Gillian gettò indietro la testa, gemendo per quell'invasione deliziosa, e inarcò i fianchi, esortandolo a spingere più a fondo.

«Sei così bella» mormorò James, chinandosi su di lei. «Così tanto che fa male.» L'aria tra loro scintillava di lampi invisibili mentre lui si chinava e la baciava. James teneva ancora la mano tra le cosce della giovane che ansimava per raggiungere l'orgasmo. Lui si slacciò i pantaloni e si spostò di nuovo, scivolando dentro di lei, riempiendola con ogni centimetro. Quando i loro fianchi si incontrarono, i baci di James divennero famelici.

«James, ti prego, smettila di stuzzicarmi.» Gillian gli

strinse le spalle, premendo sotto di lui, cercando disperatamente di incoraggiarlo a muoversi.

«Potrei rimanere così per sempre» le mormorò all'orecchio. «Tu sei quella giusta per me, amore. Non ci potrà mai essere nessun'altra.»

Quelle parole la attraversarono come un vento meraviglioso, travolgendola con un brivido esplosivo. Gillian provava le stesse emozioni, il desiderio di rimanere così per sempre. *Se solo...*

La consapevolezza che quel momento sarebbe finito si dissolse quando James iniziò a muoversi. La giovane smise di essere la signorina Beaumont o Gillian, la cameriera della signora, e divenne un essere di sentimenti ed emozioni, di luce e calore. La razionalità fu cancellata.

Mentre i loro corpi si univano, la passione le martellava nel profondo del cuore, spostandosi verso l'esterno fino a riempirle la testa fino al punto di rottura. Con un ruggito sordo si frantumò in un milione di stelle incandescenti. Eppure James non si fermò. Continuò a spingere mentre lei fremeva, con le conseguenze che si ripercuotevano nella sua parte più segreta. Gillian poteva sentire il sapore del sale sulla pelle di James, la dolcezza della sua bocca, e si concentrò a tenerlo dentro di sé, sentendosi un tutt'uno con lui in un modo che non aveva mai sognato. James venne e seppellì il viso nel collo della giovane, coprendola di baci. I loro respiri si fusero e lei non poté fare a meno di assaporarli, sapendo che non sarebbero potuti durare.

«Uno di questi giorni» ansimò lui, cercando di riprendere fiato, «ti spoglierò lentamente e mi prenderò tutto il tempo necessario per farti venire tra le mie braccia, ancora e ancora.»

Il tenue bagliore di gioia che si sprigionava dal loro fare l'amore fu offuscato da quelle parole.

«È un male? Non dovrei...?» Signore, era una creatura vogliosa e troppo bassa. Che cosa doveva pensare James di lei, che si era eccitata così in fretta?

«No!» esclamò il giovane, alzandosi e sistemandosi accanto a lei. Ma quando James vide il viso di Gillian, smise di ridere e le accarezzò la guancia. «No, è meraviglioso. Sei così libera con me. Sai quanto è raro?»

Gillian scosse la testa. «Devi essere stato con molte donne.»

«No» rispose James. «Non completamente. Prima di te, c'è stata solo un'altra donna.»

«Cosa?» Gillian si sollevò un po' accanto a lui. Le loro gambe erano ancora aggrovigliate, ma lei non cercò di allontanarsi.

«Immagino che non sia disonesto ammetterlo, ma sono stato con una sola donna prima di te. Era una ragazza del posto vicino alla mia tenuta. Ero un ragazzo. Mio padre era appena morto e lei mi consolò. Dopo di allora non ho più...» Fece una pausa, sembrando in difficoltà nel trovare le parole. «Non sono un santo. Da allora ho goduto delle passioni delle donne, ma non pienamente. Non mi sono mai sentito abbastanza vicino a nessuna di quelle donne da volermi aprire di nuovo in quel modo. Fino a te.»

Gillian lo fissò. Aveva passato l'ultima settimana a convincersi che lui potesse andare avanti, che potesse stare con molte altre donne, che quello che avevano condiviso fosse stato speciale solo per lei.

Mi sono sbagliata molto su di lui. Molto.

«Gillian?» sussurrò James, mentre un'espressione preoccupata affiorava sul suo viso. «Che succede?»

«Io...» La giovane arrossì e gli posò una mano sul petto, giocherellando con i bottoni del panciotto. «Sono onorata che tu l'abbia condiviso con me.»

Lo sguardo del conte si offuscò. «Ma esiti ancora a farti corteggiare da me?»

«No. Voglio dire che mi piace, mi piacerebbe, ma non funzionerebbe mai tra di noi. Devi fidarti di me quando affermo che non posso essere la donna destinata a diventare la contessa di Pembroke.»

«Allora non ci sarà mai una Contessa di Pembroke finché sarò in vita, non se non potrò avere te. Ascoltami, Gillian.» Le prese le guance tra le mani. «Non sono un uomo che si preoccupa della propria reputazione. Solo perché ho un titolo e vivo a Londra, non significa che mi interessi fare bella figura con il *ton*, perché non è così.» Le accarezzò le guance con i polpastrelli dei pollici. «Oggi sono venuto qua solo perché speravo di incontrarti. Qualunque cosa ti preoccupi, sono certo che non è importante.»

Ma non sarebbe stato così. Solo che James non si rendeva conto di quanto. Ma Gillian sapeva che il matrimonio di una serva e di un pari avrebbe macchiato la reputazione del conte e distrutto le prospettive di matrimonio della sorella. Anche le sue eventuali ambizioni politiche sarebbero morte. Sarebbe stato scacciato, ostracizzato.

«Se non vuoi concedermi il per sempre, mi darai questa settimana qui alla festa?»

Una settimana. Poteva Gillian correre quel rischio? Avere sette giorni meravigliosi per stare con lui come una signora starebbe con un gentiluomo? Vivere una fantasia, anche se solo per un po', sapendo che non avrebbe mai avuto un'altra occasione simile? Era un rischio, ma non voleva rifiutare. I ricordi che avrebbero potuto creare in una settimana le sarebbero durati per tutta la vita.

Gillian annuì. Non avrebbe potuto rifiutarlo, non *voleva*.

«Eccellente» disse James e le posò un bacio sulla fronte. «Sistemiamoci e torniamo a cavallo. Presto verrà servita la cena e avrai bisogno di tempo per prepararti.»

Gillian stava quasi per rispondere che le serviva poco tempo, ma non poteva dimenticare che ora, in quanto signora, c'erano delle aspettative per quanto riguardava i capelli e l'abito. Doveva apparire al meglio in termini di acconciatura e abbigliamento. Non fu mai così grata come in quel momento per i bei vestiti che Audrey aveva insistito affinché portasse con sé.

«Sì, certo.» Gillian lanciò un ultimo sguardo di desiderio al prato dorato e alla foresta, poi tornò a guardare James. Il *suo* James.

Una settimana fingendo che sia mio. Sarà sufficiente.

LA CENA FU TERRIBILMENTE NOIOSA PER JAMES. Doveva passare l'intera serata accanto a una giovane di sua conoscenza, la signorina Venetia Sharpe. Era una ragazza abbastanza carina, ma le sue ambizioni lo facevano fuggire. James non aveva alcun desiderio di sposare una donna che potesse spingerlo a intraprendere una carriera politica per elevare ulteriormente il proprio status.

Pembroke cercò Gillian nel tavolo e i loro sguardi si incrociarono per un istante. Le sorrise ricordando come avevano fatto l'amore nel prato. Un rossore le colorò le guance e lei ricambiò il sorriso, anche se presto abbassò la testa e si voltò a parlare con il suo compagno.

«Mio signore?» Venetia gli si avvicinò; il profumo della giovane lo distrasse. Non era affatto sgradevole, ma non era il profumo dolce di Gillian, fatto di acqua di rose e di qualcosa di femminile e naturale.

«Ehm... sì.» James prese il calice di vino per quella che quella sera gli sembrò la centesima volta. Già i suoi sensi cominciavano a diventare instabili. Sarebbe stato fortunato a stare in piedi dopo una cena come quella.

«Di recente ho iniziato una corrispondenza con vostra sorella, Leticia. È una donna adorabile e, quando torneremo a Londra, spero che voi e lei possiate unirvi a me per un giro nel parco.»

James fu tentato di lodare la donna per il suo sfacciato tentativo di legarsi più saldamente a lui. Se lo avessero visto cavalcare con Venetia e sua sorella, si sarebbe scatenata la polemica sul fatto che probabilmente l'avrebbe sposata.

«Sembra bello. Sono sicuro che Leticia sarebbe felicissima di cavalcare con voi.» James scelse accuratamente di non confermare la propria presenza in quella particolare attività. Si chinò in avanti e lanciò di nuovo un'occhiata a Gillian lungo il tavolo. Almeno venti persone erano presenti a Rochester Hall per la festa.

Gillian era seduta tra Charles Humphrey, il conte di Lonsdale, e Jonathan St. Laurent. Sembrava che parlasse piuttosto animatamente ogni volta che Jonathan si rivolgeva a lei, ma ogni volta che Charles parlava, lei arrossiva e tornava frettolosamente a guardare il suo piatto.

Un guizzo di gelosia lo attraversò. Quell'uomo era di aspetto gentile e molto affabile. Era uno degli amici di James, ma era anche una maledetta canaglia e un seduttore spericolato. James non voleva che la sua donna si avvicinasse a un uomo del genere. Gillian si guardò intorno e lo fulminò con un piccolo sorriso. Questa volta, quando lei arrossì, James sapeva che era a causa sua.

Una gomitata lo colpì alle costole. Venetia lo fissò scioccata, con un'aria fin troppo innocente.

«Le mie scuse.» James allora si rese conto che il ronzio nelle orecchie, che lo aveva infastidito, era la voce di Venetia.

«Mio signore, *devo* proprio dirvi che la vostra distrazione è davvero sconvolgente.» Quell'annuncio attirò l'attenzione degli ospiti che lo circondavano e il suo volto si infiammò. Dall'altra parte del tavolo, Lucien Russell, il Marchese di Rochester, suo ospite, stava cercando di nascondere una risatina dietro il suo bicchiere di vino. Sua moglie, Horatia, lo guardava accigliata, ma poi trasalì e si toccò la pancia.

James sapeva che molti uomini avrebbero chiuso le loro mogli in casa per almeno due mesi prima del parto ma Lucien no. Quel giorno aveva confessato a James che il pensiero di sua moglie distesa su un letto per due mesi era inconcepibile. Sarebbero impazziti entrambi.

«Sono veramente dispiaciuto» disse James a Venetia. Si sentì sollevato quando arrivò la portata successiva e tutti guardarono il budino di pane e una torre di gelatine rosse e blu. Molte persone applaudirono a quella vista e James colse l'occasione per lanciare un altro sguardo a Gillian.

Dieci persone li separavano e lui riusciva a malapena a sopportarlo. Se doveva sopravvivere un'intera settimana senza sedersi accanto a lei a tavola... Forse poteva convincere Horatia a cambiare la disposizione dei posti ogni sera. Avrebbe potuto avere la possibilità di sedersi almeno una volta vicino a Gillian senza offendere la signorina Sharpe. Era chiaro che quella giovane lo avesse puntato e non si sarebbe lasciata scoraggiare.

Al termine della cena, James era pronto a fuggire nella sala da biliardo insieme al resto dei signori. Avrebbe trovato un modo per raggiungere Gillian, una volta che le lampade fossero state spente e la maggior parte della servitù fosse andata a letto.

Si fermò nel corridoio mentre le signore si ritiravano dalla sala da pranzo, dirigendosi verso il salotto. Gillian lo guardò. James sorrise di nuovo, cercando di ignorare quell'impeto di speranza infantile ogni volta che lei ricambiava il sorriso.

«Fareste meglio a stare attento, Pembroke» disse Lucien, raggiungendo James nel corridoio.

James gli lanciò un'occhiata. «Come, scusate?» Quel diavolo dai capelli rossi stava sorridendo.

«Vedo che avete messo gli occhi su una signora, ma un'altra vuole mettervi alle strette.»

James sospirò e poi rise. «Gli artigli della signorina Sharpe sono davvero lunghi. Pensavo che non sarei sopravvissuto oltre la terza portata.»

Lucien gli diede una pacca sulla spalla. «Venite a fare una partita. Potete dimenticarvi delle signore intriganti.»

La sala da biliardo era piena di gentiluomini che

versavano bicchieri di porto, e almeno quattro uomini erano in cerchio intorno a una cassetta laccata, strappando sigari. Charles ne portò uno al naso e lo annusò, poi sorrise e lo lanciò a James. Il conte lo prese prima di unirsi a Charles insieme a Lucien.

«Ci aspetta una lunga notte, credo» disse Charles.

«Come mai?» chiese James.

«Le signore andranno a letto tardi. Erano tutte un po' troppo vivaci. Significa che staremo svegli fino a tardi per tenerle d'occhio.» Il tono di Charles lasciava trasparire una punta di malizia.

«Vero.» Lo sguardo di Lucien si spostò verso la porta. James capì che il suo ospite stava pensando a sua moglie e alle sue condizioni.

«Lady Rochester ha ancora un mese prima del parto, vero?» James non era sicuro di quanto dovesse essere delicato quando parlava della condizione della giovane.

«Prima del parto, sì, ma...» Gli occhi di Lucien erano ombreggiati dalla preoccupazione. «Oggi ha avuto dei dolori e non mi piace stare troppo lontano da lei.»

«Da qui il nostro ruolo di guardiani notturni.» Charles ridacchiò. «Jonathan, porta qui quel Porto.»

Jonathan recuperò un set di bicchieri e la bottiglia e li portò su un vassoio fino a posarli sul tavolo vicino al biliardo.

Lucien prese un bicchiere vuoto e si versò una buona dose di liquore. «Eccellente.»

La porta della sala da biliardo si spalancò e Gillian

entrò di corsa, respirando a fatica. Le sue guance erano arrossate e il suo seno si gonfiava contro il corpetto stretto. James si acciglò. C'era qualcosa che non andava. Gillian non era il tipo di donna che si precipitava in una sala da biliardo.

«Mio signore!» chiamò Lucien. «Lady Rochester, le si sono rotte le acque.» Fissò Lucien mentre tutti gli uomini nella stanza balzavano in piedi.

«Horatia?» Il bicchiere scivolò dalla mano di Lucien, frantumandosi ai suoi piedi.

«Presto, il bambino sta nascendo. Dovete chiamare subito il medico.»

«Presto?» La parola fu un sussurro roco. Anche gli uomini sapevano qualcosa sui bambini e che un bambino nato troppo presto avrebbe dovuto lottare per sopravvivere.

«Sì.» Allora Gillian si rivolse verso James, implorandolo con lo sguardo di aiutarla. Lucien era troppo scioccato per reagire.

«Che cosa possiamo fare?» chiese James, con il cuore che batteva all'impazzata.

«Il medico. Abbiamo bisogno del medico» ripeté Gillian.

«Vado a prenderlo» si offrì Jonathan.

«Sì, vai, Jon!» lo esortò Charles. «Sbrigati!» Jonathan uscì di corsa dalla stanza. Charles guardò James e fece un cenno in direzione di Lucien con un comando silenzioso, che James capì immediatamente. Sia lui sia James afferrarono Lucien per le braccia e lo spinsero a muoversi.

«Forza, vecchio mio, andiamo di sopra e vediamo cosa possiamo fare» mormorò Charles a Lucien con tono rassicurante. La famigerata canaglia, che aveva affrontato un duello contro il suo stesso migliore amico, ora era pallida e scossa. Il resto degli uomini tornò a bere e a fumare sigari, sapendo che era meglio restare fuori dai giochi se non chiamati in causa.

James, Charles e Lucien seguirono Gillian su per le scale fino alla camera da letto.

«È a letto a riposare, mio signore» disse Gillian. «Ma ha chiesto di voi.»

James fu un po' sorpreso. Di solito gli uomini si tenevano alla larga, o almeno gli era stato detto che fosse la cosa giusta da fare. Ma se Lucien provava per Horatia quello che lui provava per Gillian, non avrebbe voluto che la donna che amava affrontasse quel momento da sola.

Lucien tremò, rivolgendosi all'amico. «Charles, hai aiutato quando è nata la tua sorellina Ella, vero?»

«Sì.» L'atteggiamento normalmente gioviale di Charles era scomparso. «Era un parto avvenuto in tarda età di mia madre e temevamo che né lei né Ella potessero sopravvivere. Ho avuto la fortuna di assistere a ciò che è stato fatto e ho imparato da una delle cameriere come aiutare.»

«Finché non arriva il medico, puoi aiutarci? Qui non

abbiamo nessuno addestrato al parto. Mia madre è andata a trovare mio fratello Lawrence e sua moglie Zehra a Londra. Non voglio che Horatia affronti questa situazione da sola, se tu sai cosa fare.»

«Naturalmente.» Charles e Lucien entrarono nella stanza da letto e chiusero la porta.

Gillian si rivolse a James.

«Che cosa posso fare?» le chiese Pembroke. «Ci deve essere qualcosa.»

La giovane annuì. «Puoi dire ai camerieri di portare dell'acqua bollente e tutti i panni puliti che trovano. E un coltello che sia stato sterilizzato sul fuoco. Ci servirà se il bambino arriverà presto.»

James deglutì a fatica. «Un coltello?»

«Sì. Quando il bambino nascerà. Dovremo tagliare il cordone.»

«Giusto... Beh, vado a prendere il coltello e il resto.» La afferrò per i fianchi e le stampò un bacio sulle labbra prima di correre a cercare i servi.

❧ 8 ❧

Gillian si sfiorò le labbra, persa nell'improvvisa ondata di emozioni che aveva provato baciando James. Poi un grido proveniente dalla stanza alle sue spalle la fece rientrare di corsa. Horatia era accovacciata accanto al letto e gemeva con indosso solo una camicia da notte.

Lucien le afferrò una mano e le avvolse la vita con l'altro braccio. Horatia ansimò e respirò rapidamente, poi si rilassò. Audrey si aggirava nelle vicinanze, contorcendo nervosamente le mani.

«Fa molto male?» chiese Audrey alla sorella maggiore.

«*Ah!*» Horatia strinse la mano del marito.

Lucien fece una smorfia. «Per l'amor del cielo! Dove trova una donna una tale forza?»

«Penso che si possa dire che fa molto male» disse Charles ad Audrey. «Perché non vedi se riusciamo a procurarci del ghiaccio o dei panni imbevuti d'acqua fredda?»

«Bene.» Audrey si rivolse a Gillian. «Hai sentito?»

«Sì, mia signora, posso andare a prenderli» la rassicurò Gillian.

«Grazie.» Audrey la abbracciò e poi si voltò verso la sorella.

«Credo di aver bisogno di sdraiarmi... per riprendere fiato» ansimò Horatia. Lucien la aiutò a salire sul letto. La giovane rimase un attimo sdraiata su un fianco prima di gemere e poi rotolare sulla schiena, sollevando le gambe. Gillian si affrettò a coprirle le gambe divaricate con una coperta.

«Lucien, hai preparato una sedia per il parto?» chiese Charles.

«No, non eravamo pronti.» Il volto del giovane era pallido come il marmo.

«Non c'è problema.» Charles guardò Horatia. «Se vuoi, puoi sdraiarti su un fianco per partorire. Se senti il bisogno di spingere, fallo» aggiunse. «Se hai bisogno di alzarti di nuovo e di muoverti, ti assisteremo» continuò. Nel conte di Lonsdale c'era una tenerezza che Gillian non aveva mai visto. Di solito era concentrato a sedurre donne e a cacciarsi nei guai, anche se non necessariamente in quell'ordine, ma in quel momento era concentrato unicamente ad aiutare Horatia a partorire un bambino sano.

Lucien si sedette accanto alla moglie. Le prese una

mano e le accarezzò i capelli scostandoli dal viso, mormorando dolcemente. Charles si spostò accanto a Horatia, dall'altra parte, tenendole la mano libera e controllando l'orologio da tasca. Gillian uscì e trovò un paio di cameriere ad aspettarla.

«Abbiamo bisogno di ghiaccio tritato, di acqua fredda e di panni.»

«Sì, signorina.» Le cameriere fecero un inchino e si allontanarono di corsa. Quando Gillian rientrò, Audrey e Charles la guardarono.

«James e alcune cameriere stanno facendo portare su ciò che ci serve.»

Charles sospirò stancamente. «Bene. Perché il bambino sta arrivando in fretta. Il medico potrebbe non arrivare in tempo e dovremo essere pronti a farlo nascere senza di lui.»

«Tutti noi?» chiese Audrey con gli occhi spalancati. Per quanto impavida, la giovane sveniva di fronte al sangue. Non sarebbe stato facile per lei.

«Audrey, *devi* restare» la implorò Horatia, il cui corpo fu colto da una contrazione particolarmente dolorosa.

«Certo» le promise Audrey, anche se il suo volto era pallido e cinereo.

Charles mise in tasca l'orologio e guardò gli altri.

«L'intervallo è breve tra una doglia e l'altra» spiegò Charles, e poi toccò il viso e la fronte della giovane. «Horatia, hai sentito dolori per tutto il giorno?»

La giovane si morse il labbro e annuì. «Sì, pensavo

solo che il bambino fosse irrequieto e scalciasse. Non sapevo che stesse per nascere, fino a poco dopo cena.»

«Non c'è problema. I bambini a volte arrivano senza preavviso. Come ti senti?»

Horatia sussultò. «Come se sentissi bisogno di spingere...» Terminò con un gemito mentre il suo corpo si inarcò in avanti. Poi si rilassò e si mise di fronte a Lucien, ansimando. «La nursery, hai finito la culla? Sono pronti i vestiti?»

«Sì» rispose Lucien, baciandole la mano. «Avrei dovuto sapere che eri pronta ad avere nostro figlio così presto. Come ho fatto a non accorgermene?» Chinò il capo, i capelli rossi che brillavano alla luce del fuoco. In quel momento Gillian soffrì per lui, sapendo quanto temesse per la moglie e il figlio.

«Sapere? Come poteva saperlo?» chiese Audrey a Gillian.

«Alcune donne sanno che il bambino sta per arrivare e cercano di preparare tutto. È un po' come gli uccelli quando iniziano a costruire i loro nidi in primavera.»

«Oh!» Audrey fissò la sorella, aggrottando le sopracciglia. Gillian toccò il braccio della sua padrona.

«Andrà tutto bene» disse Gillian, pregando che fosse così. Un parto prematuro poteva essere difficile e pericoloso sia per la madre sia per il bambino.

«Horatia, se senti il bisogno di spingere, fallo. Gillian, ho bisogno di te qui» disse Charles.

Gillian si avvicinò al letto e Charles indicò le gambe di Horatia.

«Tira su la coperta e guardala per me. Tienile le gambe aperte e ti dirò cosa cercare. Normalmente una donna partorisce su un fianco ma credo che lei stia più comoda sulla schiena.»

«Sì, mio signore.» Gillian si inginocchiò davanti alle gambe di Horatia e scostò le coperte.

«Ho paura» disse all'improvviso la partoriente, iniziando a chiudere le ginocchia ma Gillian gliele afferrò e le tenne aperte. Poi guardò Lucien.

«Distraetela, mio signore. Potrebbe essere d'aiuto.»

«Distrarre...?» La voce di Lucien si interruppe un attimo, poi accarezzò il viso della moglie. «Ricordi quella sera al *Midnight Garden*, quando abbiamo parlato delle stelle?»

Horatia rise, anche se il suono era teso. «Sì. Ricordo come mi sentivo al sicuro con te.»

Lucien ridacchiò. «Eri al sicuro, molto. Sai che farei di tutto per proteggerti.»

Un'altra contrazione, Horatia sibilò e rivolse un'occhiataccia a Lucien. «Sei stato tu a farmi questo! Oh!» Si strinse il ventre e qualche istante dopo si rilassò un po'.

La giovane lanciò un'occhiata al marito. «Mi dispiace, non volevo... so che vuoi solo aiutare. Io farei lo stesso per te.»

«Lo so, amore, lo so. E adesso sei al sicuro. Charles sa cosa fare, e anche Gillian.»

«Raccontami una storia» lo pregò la giovane. «Una bella storia.»

Lucien sorrise alla moglie. «Ti ho mai raccontato di quando una notte Cedric ed io fummo sorpresi a rientrare di nascosto nelle nostre residenze a Cambridge? Riuscivamo a malapena a camminare a causa dei bagordi della notte e stavamo trascinando una statua di Sir Isaac Newton, che avevamo rubato da un altro college...»

E così la stanza si rilassò, mentre Lucien le raccontava le sue buffonate dei tempi dell'università. Ogni volta che Horatia aveva una contrazione, tutti nella stanza trattenevano il fiato finché non le passava.

Gillian si rilassò mentre Lucien manteneva l'attenzione della moglie. Charles le insegnò a controllare la testa del bambino. Quando emerse una macchia di colore scuro, Gillian volle piangere di sollievo.

«Lo vedo. Il bambino!»

Charles si accovacciò sul letto accanto a Horatia, afferrandole l'altra mano. «Bene.» Gillian sapeva che doveva soffrire perché le dita della giovane, stringendo, gli lasciavano segni rossi sulla pelle, ma lui non si lamentava.

«Lucien, tienile la mano, non lasciarla.»

«Non lo farò» rispose il giovane, senza mai staccare gli occhi dalla moglie.

Charles usò l'altra mano per sfiorarle la fronte con le nocche. «Ora, Horatia, spingi quando puoi, e spingi *forte*. Il tempo ora è importante. Il travaglio è durato troppo e non vogliamo che il bambino rimanga bloccato e possa soffocare.»

«Soffocare?» mormorarono allarmati Horatia e Lucien.

«Sì, quindi è meglio che tu spinga, dannazione!» esclamò Charles con tono deciso.

Horatia si irrigidì e spinse.

JAMES E UN CAMERIERE SI PRECIPITARONO SU PER LE scale, con un coltello riscaldato, dell'acqua e degli asciugamani. L'urlo successivo di Horatia squarciò l'aria e James per poco non inciampò, ma si bloccò quando raggiunse lo scalino più alto. Giunto davanti alla stanza di Lucien, fu sul punto di precipitarsi all'interno ma si fermò e bussò. Audrey aprì la porta, con il volto bianco mentre afferrava gli oggetti dal cameriere. Quando vide il coltello, fece un cenno con la testa per far entrare James.

«Non credo che dovrei...»

«A mia sorella non interessa» lo interruppe Audrey. James entrò, con lo sguardo rivolto al pavimento, finché non vide Gillian ai piedi di Horatia.

Maledizione...

Charles si precipitò da James e afferrò il coltello. «Tieniti pronta a prendere il bambino, Gillian.»

James si schiacciò contro il muro, sentendosi inutile e di troppo, ma non riuscì ad andarsene. Continuava a fissare Gillian che stava allungando la mano sotto il lenzuolo che ricopriva le gambe di Horatia e afferrava un bambino minuscolo dalla pelle bluastra. Era appiccicoso e un po' insanguinato e non si muoveva. James non sapeva molto di bambini, ma non avrebbe dovuto piangere?

«Ho bisogno di un asciugamano» disse Gillian, guardandosi intorno.

James riuscì a muoversi e si precipitò da lei proprio come Charles che brandiva il coltello. James ebbe un momento di timidezza e chiuse gli occhi mentre Charles tagliava il cordone e Gillian avvolgeva il bambino con gli asciugamani, togliendo delicatamente il sangue dai piccoli lineamenti.

«Va tutto bene?» Dal letto giunse la voce flebile di Horatia. «Non sta piangendo...»

Gillian tese il bambino verso gli altri, incerta sul da farsi. James si accorse subito, dal viso blu del bambino e sentendo i sibili che emetteva, che il neonato stava faticando a respirare. Charles afferrò il fagotto dalle braccia di Gillian e tenne il bambino vicino a sé, sussurrandogli e premendogli sul petto. James lo raggiunse e si chinò a guardare il bambino, pregando sottovoce.

«Forza, piccolo. Respira. *Combatti.*» James riversò sul neonato ogni briciola della sua forza. Il suo viso era minuscolo, le manine si stringevano e si aprivano mentre i suoi piccoli polmoni lottavano per respirare. Tutti i presenti stavano in silenzio, tranne Horatia, che improvvisamente scoppiò a piangere. Lo sguardo di Lucien era diviso tra sua moglie e il bambino che Charles teneva tra le braccia.

«Forza» ringhiò Charles, fissando il neonato. «Forza, *respira*.»

«Ti prego, piccolo, combatti!» mormorò James con tutto il cuore.

All'improvviso il piccolo si pizzicò il viso ed emise un vagito assordante. James si rilassò; il suono dell'urlo convulso di un bambino era la cosa più gradita che avesse sentito in tutta la giornata.

«Se riesce a urlare così, direi che ha una possibilità di combattere» disse Charles, sollevato. Si avvicinò alla spalliera del letto e vi si appoggiò, continuando a cullare il bambino. Horatia e Lucien avevano gli occhi spalancati mentre Charles porgeva loro il bambino.

«Lui?» chiese Lucien.

«È un maschio. Sei diventato padre.» Charles sorrise. «E ho appena vinto dieci sterline da Jonathan.»

«Dannazione, questo significa che ne devo a Godric almeno trenta» disse Lucien. «Ero certo che fosse una bambina. Solo le femmine causano tutti questi problemi.»

Horatia lasciò ricadere la testa sui cuscini, gemendo.

«Siete degli stupidi... stavate scommettendo su mio figlio? Pensate che sia stato un *divertimento*?»

Charles e Lucien guardarono a terra.

«Beh, è stato piuttosto divertente, fino a ora» ammise Lucien.

Horatia mormorò: «Aspetta che mi rimetta in forze. Ti meriti un bel calcio nel sedere!»

«Modera il linguaggio, amore mio. Non possiamo offendere l'udito delicato di nostro figlio.»

Charles sbuffò. «Non ha alcuna possibilità con noi canaglie come zii.» Il petto del conte si gonfiò con orgoglio. «Aspetta solo che lo vedano gli altri! Sarà un ragazzo veramente forte!»

James non poté fare a meno di sorridere, ascoltando quelle battute. Si avvicinò a Lucien che stava fissando il bambino con un'espressione stupita. «Sarà il più forte di tutti. Non è vero, mio caro ragazzo?» Poi baciò la testa del figlio prima di metterlo tra le braccia di Horatia che si sedette di nuovo contro la testiera del letto. Un sorriso le affiorò sulle labbra nonostante la stanchezza evidente e la frustrazione.

«Grazie, grazie a tutti» disse Horatia ai presenti. «Lo avete salvato... ci avete salvati entrambi. Non so cosa sarebbe successo se...»

James si limitò ad annuire. Aveva un nodo in gola. Guardò Lucien e Horatia che tenevano il figlio tra le loro braccia, e poi vide Gillian che li fissava, coprendosi la bocca con la mano. Quando la giovane distolse lo sguardo, i loro sguardi si incontrarono.

«Mi aspettereste fuori? Devo occuparmi di sua signoria e poi uscirò subito.»

«Certo» promise James e uscì. Tuttavia, qualcosa lo stava tormentando. Qualcosa che lei aveva detto.

Dopo mezz'ora la porta si aprì e Gillian ne uscì. Quando lo vide, il suo volto si illuminò di un sorriso stanco.

«La madre e il bambino stanno ancora bene?» chiese James.

Gillian annuì. «Quando arriverà il medico, ne saremo certi. Un neonato precoce come lui dovrà affrontare qualche settimana difficile, ma se lei lo terrà al caldo e terrà la sua culla al sole, credo che starà bene. Mia madre diceva che il sole può curare molti disturbi nei bambini.»

«Grazie a Dio!» James aprì le braccia e Gillian vi si precipitò, seppellendo il viso contro il petto del giovane. Il corpo di lei tremava e lui capì che dovesse essere molto vicina a Horatia per preoccuparsi così tanto di lei. James le premette il mento sulla testa.

Non era sicuro di quanto tempo l'avesse tenuta tra le braccia, ma alla fine la sentì dire: «Mi porti a letto?»

James sorrise tra sé e sé. «Sarebbe il mio piacere più grande.»

La prese per mano e scivolarono giù per le scale verso la sua camera situata nell'ala ovest. Quella notte aveva

intenzione di fare l'amore con lei e di prendersi finalmente tutto il tempo necessario per farlo.

❦

GILLIAN CERCÒ DI NON TREMARE MENTRE JAMES
chiudeva la porta e faceva scorrere il chiavistello.
Quando si voltò verso di lei, sorrise.

«Questa volta non ho fretta.» La voce del giovane era
calda e stuzzicante.

«Non voglio che tu lo faccia.» Gillian gli porse le
spalle e lui le si avvicinò e le posò le mani sui fianchi
prima di farle scivolare lentamente sulla schiena. Infilò le
dita tra i lacci dell'abito. Quel tocco gentile la stuzzicava.

«Forse vuoi muoverti un *po'* più velocemente?» suggerì
lei, con voce affannata.

La risatina bassa di James le fece formicolare la pelle.
Si chinò e le baciò la spalla nuda.

«Un po' più veloce, allora.» Le mordicchiò il collo
mentre con le dita le abbassava il vestito che, ben presto,
cadde ai piedi della giovane. Gillian si sfilò le sottovesti.

«Signore, come mi tenti» mormorò James.

A quelle parole Gillian rabbrividì di desiderio. James
era sempre così controllato, così gentiluomo, ma quando
stava con lei, in quel modo, sembrava sempre sul punto
di perdere il controllo, e a lei piaceva. Significava che
non le stava nascondendo nulla, che era sé stesso. Era
così grazie a lei.

Gillian si girò verso di lui, indossando solo la chemise, e gli afferrò la cravatta. James le prese le mani e le baciò i palmi.

«Se ti permettessi di spogliarmi, non riuscirò a fermarmi, e ti voglio sazia ed esausta molto prima di fare a modo mio con te.» Il sorriso del giovane divenne decisamente diabolico e Gillian non riuscì a fermare l'ondata di calore umido tra le sue cosce.

«Veramente?" La giovane reclinò la testa, offrendogli il collo. James si leccò le labbra e la afferrò per la vita, facendola cadere sul letto. Gillian cadde all'indietro, amando il modo in cui lui le si avventava addosso. James la circondò con il suo corpo, accarezzandole il collo. Poi si sedette, mettendosi a cavalcioni su di lei e sollevandole la chemise.

Essere intrappolata sotto di lui, completamente nuda, la faceva sentire vulnerabile, ma non spaventata. Stare con lui non l'aveva mai impaurita.

James le palpò un seno, accarezzandole il capezzolo. Gillian inarcò la schiena, premendo più a fondo. Lui emise un gemito e fece dondolare il suo corpo contro quello di lei. Gillian poté sentire l'eccitazione del giovane tra le sue cosce.

«James, non voglio andare piano.» Gillian gli strinse le braccia, tirandogli il leggero tessuto bianco della camicia.

«Che cosa vuoi?» le chiese il giovane, afferrandole l'altro seno, palpandolo prima di chinarsi e prendere il capezzolo in bocca. La sensazione della bocca sulla pelle la fece gemere. Una sensazione acuta le pungeva le cosce e aumentava.

«Ho bisogno di te! Non essere delicato, non questa volta» lo implorò Gillian. James si strappò il panciotto e la camicia e si abbassò i pantaloni quel tanto che bastava per liberare il suo membro. Gillian si abbassò, afferrandolo e guidandolo dentro di sé.

La spinta fu così profonda che Gillian giurò di poterlo sentire ovunque, tutto in una volta, come se non ci fosse alcuna parte del suo corpo che non fosse collegata a lui.

«Guardami» le disse James. «Voglio vedere i tuoi occhi.» Si ritrasse e spinse di nuovo. Gillian rilasciò un respiro tremante, sostenendo lo sguardo del duca.

Fecero l'amore freneticamente, come se il mondo stesse sul punto di finire. Le ondate di estasi si accumulavano con un ritmo che corrispondeva ai loro cuori che battevano rapidamente. Gillian non aveva mai provato quell'unione disperata dei corpi. La sensazione dello sguardo di James sul suo corpo, mentre la possedeva in un modo che la faceva sentire audace e allo stesso tempo sicura.

L'agitazione delle emozioni di quella sera, guardare James parlare con quella donna a tavola, e poi vedere Horatia e suo figlio in pericolo e James che teneva in braccio il bambino, desiderando che vivesse... Era stata spinta a uno stato di disperazione, al bisogno di stare con lui in un modo che non avrebbe mai rimpianto, anche se non sarebbe mai potuto durare. Tutte le riserve che aveva avuto sul negarsi qualche altro giorno con lui erano finite.

«Ah!» ansimò Gillian in una dolce agonia, mentre veniva attraversata da un orgasmo. Pochi secondi dopo James sussurrò il suo nome, con un'espressione di meraviglia e di shock sul volto.

Il conte abbassò la testa fino a sfiorarle la fronte con la sua e chiuse gli occhi, respirando a fatica.

Gillian lo abbracciò. Era un uomo così buono, un uomo meraviglioso, un uomo di cui si stava innamorando perdutamente.

«Stai bene?» le chiese, con voce bassa e roca. «Ti ho fatto male?»

«No» lo rassicurò. «È stato stupendo.» Passò la punta delle dita lungo la nuca, giocando con i suoi capelli scuri.

«È una bella sensazione.» James si spostò in modo da rotolare insieme su un fianco. Si tolse i pantaloni e gli indumenti rimasti prima di sollevare il copriletto e sistemarsi insieme sotto le lenzuola.

«Continuo a cercare di sedurti lentamente» disse lui, sorridendole.

«Forse io non voglio che tu faccia tutto lentamente?»

«Hmm.» James serrò le labbra in un finto cipiglio e lei ridacchiò. «Spengo le candele?»

«Non ancora. Voglio stare qui tra le tue braccia e guardarti.» Gillian si accoccolò sul corpo magro e muscoloso del giovane, stringendolo come se fosse un oggetto prezioso.

«Su questo non ci piove.» James la avvolse con un braccio e piegò l'altro dietro la testa. Rimasero così per qualche istante in silenzio prima che Gillian iniziasse a parlare: «Stanotte ho avuto tanta paura per Horatia e il suo bambino.» Trattenne il respiro, temendo di confessare una cosa del genere. E se lui non avesse voluto parlarne?

«Anch'io. Non avevo mai assistito a un parto prima d'ora. È stato piuttosto terrificante.»

«Mi è capitato una volta. Una vicina di casa che abitava accanto a me e a mia madre ha avuto le doglie e noi l'abbiamo assistita prima dell'arrivo del medico.»

«Non parli molto di lei» disse James.

«Di chi?» Gillian sollevò la testa per guardarlo e appoggiò il mento sul suo petto.

«Di tua madre. Mi parleresti di lei?»

Gillian rimase in silenzio per un lungo istante, poi gli diede un bacio sul petto prima di iniziare a parlare.

«Le volevo molto bene, ma non era forte. Ha scelto di stare con mio padre perché pensava che le avrebbe dato dei vantaggi, e così è stato, per un certo periodo, ma dopo la sua morte, non sapeva quale sarebbe stato il costo di vivere da sola.»

«Tuo padre non vi ha lasciato nulla?»

«Sono sicura che prima o poi avesse intenzione di farlo, ma non ci ha mai detto nulla prima di morire.»

Non era del tutto vero. Suo padre le aveva lasciato dei piccoli fondi prima di morire, ma non avrebbe potuto lasciare il patrimonio o anche solo una parte di esso a loro, non senza che il nuovo erede, il fratellastro, avesse il potere di revocare la generosità del genitore. Gillian deglutì a fatica e continuò: «Ero razionale, lo sono sempre stata, e ho trovato un modo per sopravvivere, ma la morte di mio padre ha avuto ripercussioni su mia madre, che è morta per la tensione. A volte...» Le lacrime le bruciavano gli occhi e si fermò. James le passò le dita tra i capelli. Quel tocco era rilassante e la giovane si impose di continuare.

«A volte mi sento sollevata dal fatto che non porto più pesi, che devo contare solo su me stessa. Ma allo stesso tempo, odio provare questo sollievo.»

James le accarezzò la guancia e il suo sorriso si trasformò in un sorriso di dolore. «So come ti senti. Amo mia madre, ma a volte sento il peso terribile delle sue cure che mi schiaccia. E penso che la donna che era, la donna che amavo, se ne sia andata e ne sia rimasto a malapena un guscio, e mi manca. Mi fa sentire così dannatamente vuoto dentro.»

Il giovane fece una pausa, la voce gli si bloccò. «La settimana scorsa il dottor Wilkes mi ha convinto a mandarla nella mia tenuta in campagna. È preoccupato che possa cadere. Non volevo, ma ha bisogno di un posto più sicuro, con meno scale. Provo una stretta al petto quando penso a tutto ciò. Faccio fatica a respirare.

L'unico momento in cui dimentico le mie preoccupazioni è quando sono con te. È come se potessi respirare di nuovo.» La sincerità di James straziava il cuore di Gillian. Anche lei provava le stesse cose per lui.

Gillian risalì il corpo di lui fino a trovarsi naso a naso e lo baciò, lasciando che tutto il dolore, la gioia, *tutto,* fluisse dalle sue labbra a quelle di lui. Come poteva negare qualcosa a quell'uomo? Era il suo mondo. Per il momento.

Ma forse per ora era tutto ciò di cui aveva bisogno.

9

Letty Fordyce aspettava nervosamente all'ingresso della casa di città del conte Morrey. Nella sua reticella conservava una lettera piena di pettegolezzi salaci, ma aveva bisogno di risposte e quello forse era l'unico posto in cui poteva ottenerle.

Comparve il maggiordomo. «Mi scuso per l'attesa. Sua Signoria vi riceverà subito.»

Letty seguì il domestico in una stanza al secondo piano. Entrò nel salotto e fu colpita dall'arredamento. Il conte di Morrey aveva un gusto raffinato. Una figura si alzò da una poltrona mentre lei si addentrava nella stanza. L'uomo era alto, con i capelli scuri e dei suggestivi occhi grigi che le fecero tremare le ginocchia quando le sorrise. Anche il suo viso era attraente, ma erano gli occhi a catturare l'attenzione della giovane. Le ricordavano così tanto qualcuno, ma non riusciva a capire chi.

«Lady Letticia?» La voce dell'uomo era bassa e gentile, e la cadenza conteneva una nota di familiarità e intimità che la fece rabbrividire. Parlava come un amante - non che lei sapesse come dovesse parlare un amante, ma quelli delle sue fantasie parlavano così, *sorridevano* così.

Oh, cielo...

«Mio signore, sono terribilmente spiacente di disturbarvi, visto che fino a questo momento non ci siamo mai incontrati.» Letty cercò di trattenere il fremito improvviso nel petto. Quando mai un uomo l'aveva fatta sentire in quel modo? Forse era perché era la prima volta che si trovava con quell'uomo e l'imbarazzo che si nascondeva dietro la sua visita... doveva essere così.

«Non c'è problema. Sedetevi, per favore. Ditemi perché siete venuta. Ammetto che la vostra lettera di stamattina mi ha molto incuriosito. Ciò che mancava in dettagli lo compensava con un senso di mistero.»

Letty scivolò sul divano e l'uomo riprese il suo posto sulla poltrona di fronte a lei.

«Questa sarà una domanda piuttosto sgradevole, almeno temo che possa esserlo. Conoscete una donna di nome Gillian Beaumont?»

All'improvviso lo sguardo acuto di Morrey si addolcì. «Gillian?» Pronunciò il nome con dolcezza, come se fosse stato visitato da un fantasma del passato.

«Sì. Vedete, mio fratello, il conte di Pembroke, di recente ha un *legame* con questa donna. Ha detto di chiamarsi Gillian Beaumont. Non l'ho mai incontrata prima e non fa parte dell'*haute ton*. Voi siete l'unico Beaumont che conosco. Ho pensato che forse è una vostra lontana cugina o una vostra parente. Vorrei solo saperne di più su di lei, nel caso in cui l'affetto di mio fratello per questa giovane dovesse crescere.»

Morrey rimase in silenzio per un istante.

«Conosco solo una donna di nome Gillian Beaumont.»

«Ed è una vostra parente?» chiese Letty speranzosa. Gillian le piaceva molto, ma una lettera arrivata quel pomeriggio e inviata da una sua conoscente, Venetia Sharpe, aveva suscitato qualche preoccupazione. Venetia aveva insinuato che James e Gillian fossero stati visti in pubblico in un atteggiamento inappropriato.

«No, non è una cugina. Credo che sia la figlia illegittima del mio defunto padre.»

«Cosa?» Letty fissò Morrey, sorpresa da quella risposta sincera.

«Mi dispiace, mia signora. Avrei dovuto rispondere con più tatto. Sentire il suo nome mi ha sconvolto. Vede» fece una pausa, con un'espressione seria «sono diversi anni che la cerco.»

Letty strinse la presa sulla reticella. «La stavate *cercando*?» Non capiva.

Morrey si alzò e si avvicinò al camino, appoggiando

una mano sulla mensola. «Nonostante la nostra conoscenza risalga a pochi minuti fa, mi confiderò con voi, Lady Letticia, perché vorrei chiedere il vostro aiuto.» Le lanciò un'occhiata, con un sorriso ironico che gli aleggiava sulle labbra. «Mia madre è morta quando ero piccolo e mia sorella era una bambina. La solitudine di mio padre era immensa e lui cercò conforto in un'amante, una donna di nome Elizabeth Brookstone. Non era una nobile, ma la figlia di un gentiluomo caduto in disgrazia. In punto di morte mio padre confessò la relazione e l'esistenza di una bambina, Gillian. Mi disse che aveva intenzione di lasciare loro una proprietà non vincolata che avesse degli affittuari e che avrebbe fornito loro una piccola rendita, ma era troppo malato per convocare il suo avvocato per fare quei cambiamenti. Cercai di far arrivare un uomo a casa nostra in tempo, ma arrivò solo un'ora dopo il decesso di mio padre. Mentre mio padre stava morendo, mi chiese di occuparmi di loro. Ma nel mio dolore dopo la sua morte...» Morrey fece una pausa. «Ho fallito. Quando fui pronto a trovarle, la mia sorellastra e sua madre erano scomparse e non avevo informazioni per trovarle. Mi giunse la notizia che l'amante di mio padre fosse morta e che mia sorella fosse entrata in servizio, ma non riuscii a trovarla. In tutti questi anni ho pensato che si chiamasse Brookstone come sua madre, ma ora so che deve aver preso il nome Beaumont. È possibile che mio padre abbia insistito su questo nome quando è nata. Sinceramente non lo so.»

«È andata a servizio?» chiese Letty.

«Sì, come cameriera di una signora.»

Suo fratello si era infatuato di una serva? Letty impiegò un attimo a capirlo. Ma più ci pensava, più aveva senso. Gillian era stata nervosa, titubante, esitante, eppure Letty e James avevano forzato le loro interazioni con lei.

Ha cercato di evitarci. Sapeva che non era corretto, ma l'abbiamo pregata di venire con noi da Gunter e in libreria. Letty non poteva biasimare Gillian per quell'inganno, ma come avevano fatto lei e James a rinnovare la loro conoscenza alla festa dei Rochester? Di sicuro Gillian non si stava ancora travestendo da signora?

«Affermate di sapere, dove si trova adesso?» Morrey si allontanò dal camino e le si avvicinò.

Letty dovette piegarsi all'indietro per guardarlo. *Signore, è alto.* «Credo di sì, sì. Si trova nella tenuta di campagna del Marchese di Rochester.»

«Ma non sapete, dove sarà dopo?»

Letty scosse la testa.

Morrey sospirò. «Conosco Rochester, ma non abbastanza da presentarmi a casa sua senza preavviso. Di certo non durante una festa.»

«Se mio fratello è» Letty fece una pausa «legato a lei in qualche modo, sono sicura che saprà come raggiungerla. Potrei informarmi per voi.»

Morrey le strinse le mani e Letty si godette il calore di quel tocco. C'era qualcosa in quell'uomo che la incantava. Non era semplicemente la linea elegante della sua mascella o l'argento luminoso dei suoi occhi. C'era un accenno di calore nel suo viso che le suggeriva che, se il giovane avesse sorriso, si sarebbe persa completamente in quell'espressione.

«Vi prego di scrivermi quando lo saprete. Desidero incontrarla, per mantenere la promessa fatta a mio padre.»

Letty fissò le loro mani unite prima che lui la liberasse lentamente.

«Non vi preoccupa che sia nata in quelle circostanze? Che abbia trascorso diversi anni a servizio? La maggior parte degli uomini non vorrebbe avere nulla a che fare con lei, immaginando che ciò sia di cattivo gusto per la propria famiglia.» Letty sperava che fosse un uomo di parola e che volesse veramente aiutare Gillian.

Le labbra di Morrey si assottigliarono. «Non posso giudicare la bambina per il fatto di essere nata. Mio padre chiaramente si preoccupava sia della madre sia della bambina. Sono abbastanza umano da capire la tentazione e le sue conseguenze. Al posto di mio padre, avrei voluto che qualcuno si prendesse cura della donna che amavo e dei suoi figli, indipendentemente dalle circostanze della loro nascita.» Sorrise leggermente. «Se là fuori ho un'altra sorella, desidero conoscerla.»

A Letty si strinse la gola. «È incredibilmente nobile da parte vostra.»

Il giovane ridacchiò. «Nobile? Spero piuttosto che mi renda umano. Il Signore sa che non sono affatto nobile come vorrei.»

«Vi scriverò non appena avrò notizie» gli promise Letty.

Morrey la accompagnò alla porta ma le afferrò la mano prima che la giovane potesse uscire.

«Vostro fratello è innamorato della mia sorellastra?» le chiese.

«Credo di sì.»

«E lei lo ama?»

Letty scrollò le spalle. «Non saprei. Al nostro primo incontro ha giurato di non avere alcun progetto su di lui. Perciò il fatto che si trovassero insieme alla festa, mi lascia perplessa.»

Morrey sembrò intuire i pensieri della giovane. «Non approvate?»

«Non è che *disapprovi*, ma mio fratello non la conosce, non conosce il suo passato e le sue condizioni. Una relazione ha bisogno di verità per sopravvivere. E temo che questa situazione possa danneggiare la posizione di James. Apparteniamo a una famiglia nobile e possiamo sopportare qualche scandalo, ma non sono sicura che potremmo sopportare che lui sposi una cameriera. In realtà, ciò che metto in dubbio sono le motivazioni di lei se continua una farsa come questa, se è davvero questo che sta accadendo. Quando ne saprò di più, potrò farmi un'opinione migliore. Non vorrei esprimere un giudizio affrettato ma mio fratello James è troppo gentile. Non permetterò che una serva a caccia di fortuna si approfitti di questa gentilezza, se lei non prova nulla per lui.»

«Capisco.» Per un istante Morrey studiò la strada alle spalle di Letty, poi si voltò. «Spero che, qualunque cosa sia, possa funzionare, se si amano veramente.»

«Anch'io, Lord Morrey, anch'io.»

Letty non voleva privare nessuno dell'amore, ma uno scandalo avrebbe potuto distruggere molto più che la reputazione di James e Gillian. Avrebbe potuto distruggere anche il suo futuro.

⚜

ERANO PASSATI TRE GIORNI DALLA FESTA E GILLIAN non era mai stata così felice. Ignorò nella sua mente i sussurri che tutto sarebbe dovuto finire e, invece, si concentrò sul presente. Lei e James erano seduti in biblioteca, leggendo fianco a fianco, con la mano destra di lei intrecciata a quella di lui. Gli altri ospiti erano sparsi per la casa e la tenuta, e trascorrevano il loro tempo libero come volevano. Gillian aveva cercato di invogliare James a tornare a letto, ma lui si era limitato a ridere e a dirle che anche i peggiori furfanti non facevano certe cose fino a notte fonda. Aveva intuito che lui la stava stuzzicando, ma non sapeva come ricambiare.

Avrebbe voluto essere spensierata come lui, vedere il mondo con una tale promessa. Ma la realtà delle circostanze l'avrebbe raggiunta troppo presto.

James si chinò a baciarle la guancia e la morbida pressione di quella bocca su di lei la fece rabbrividire. Gli si avvicinò.

«Forse, dopo tutto, potremmo usare il mio letto.» James ridacchiò, ma poi si bloccò, guardando verso la finestra alle loro spalle.

«Che cosa c'è?» Gillian iniziò a voltarsi, ma James si stava già alzando in piedi.

«È appena arrivato un cavaliere che indossa la livrea della *mia* famiglia.»

Gillian seguì James che, dopo aver varcato le porte della biblioteca, si affrettò nel corridoio.

Perché un cavaliere era andato lì? Secondo James, si trattava di un viaggio di due ore a cavallo.

Gillian si fermò quando il giovane raggiunse l'ingresso, proprio mentre un cameriere di Rochester apriva la porta d'ingresso. Riusciva a pensare a un solo motivo per cui un cavaliere potesse andare lì. Un motivo davvero terribile. Gillian si precipitò lungo il corridoio per raggiungere James mentre il messaggero gli consegnava una lettera. Il giovane ruppe il sigillo di ceralacca e dispiegò la pergamena, con gli occhi che scrutavano le righe scarabocchiate frettolosamente, prima di barcollare all'improvviso e di bloccarsi contro il muro sostenendosi con una mano.

«James, cosa è successo?» Gillian gli si avvicinò, stringendogli il braccio per sostenerlo. Il giovane deglutì a fatica e sbatté le palpebre.

«Mia madre... sta morendo. Devo partire subito.»

Gillian sentì il dolore di James come se fosse il proprio. «Sta morendo?»

«Ha la polmonite. Il dottor Wilkes ha scritto che si sta spegnendo velocemente. Non rimane molto tempo.» Le mani gli tremavano, riponendo la lettera in tasca.

Non c'era modo di cavalcare da solo in quelle condizioni, ma non sarebbe nemmeno rimasto in quella casa.

«Verrò con te. Potrei far chiamare una carrozza» suggerì la giovane.

James scosse la testa. «Non c'è tempo per una carrozza. Devo andare a cavallo, è molto più veloce. E tu non devi andartene. Non sarebbe abbastanza...»

«Decoroso. Perché le cose devono essere sempre così complicate per la nobiltà? È tua madre e tu la ami, ed io amo te, quindi ti accompagnerò.»

Gillian fu sul punto di tapparsi la bocca. L'aveva detto ad alta voce? James si voltò a guardarla, stupito, e la afferrò per le spalle. «Mi ami?»

Non aveva senso negarlo. «Sì, ma non è il momento di fare queste dichiarazioni. Dobbiamo partire subito.»

Gillian fu colpita dal dolore nello sguardo del giovane ma non vacillò. Quando si ama qualcuno, si affrontano i draghi e si fa del proprio meglio per ucciderli.

«Fai preparare due cavalli» ordinò James a un cameriere in attesa, e il ragazzo si affrettò a partire. Gillian e James uscirono dalla casa e fortunatamente non dovettero aspettare a lungo.

Due stallieri arrivarono con una coppia di cavalli. Gillian parlò rapidamente con un cameriere che conosceva, un certo Will.

«Racconta ad Audrey tutto quello che è successo. E scusaci con Sua Signoria per aver preso i suoi cavalli. Glieli restituiremo al più presto.»

«Naturalmente. State attenti!» esclamò Will, prima di precipitarsi in casa.

Gillian montò a cavallo con l'aiuto di uno stalliere, agganciando le gonne sopra le ginocchia. Al diavolo le conseguenze!

James montò sul suo e controllò come stesse Gillian. «Pronta?»

La giovane annuì. «Starò al passo, te lo prometto.»

Cavalcavano a un ritmo così serrato che Gillian faticava a respirare. Il crepuscolo si insinuava nel cielo, rubando la luce a poco a poco. Gillian temeva che potesse diventare buio prima di raggiungere la casa di James, ma la fortuna prevalse. Percorsero un viale di ghiaia che conduceva a un bellissimo castello. La luce della luna illuminava il loro cammino mentre lei e James superavano i giardini e si fermavano davanti ai gradini di pietra che conducevano a una serie di grandi porte di legno di quercia. Gillian scivolò dalla sella, con le gambe e la schiena doloranti per le ore passate in sella e la tensione della situazione. Un cameriere si precipitò ad accoglierli.

«Dov'è?» chiese James.

«La stanza delle porcellane cinesi. Il dottor Wilkes e Lady Letticia sono con lei.»

James entrò nel corridoio. Gillian lo seguì. Ebbe solo un momento per intravedere il bellissimo mondo che James chiamava casa, gli arazzi fiamminghi, le statue di marmo e i pesanti tappeti orientali. Il giovane stava quasi correndo quando raggiunse la porta e la spalancò. Gillian era alle sue spalle, ma si bloccò alla vista della donna distesa a letto. Il dottor Wilkes e Letty si aggiravano nelle vicinanze, entrambi fissarono sorpresi i due giovani.

«Sei venuto.» Letty soffocò le parole e si precipitò ad abbracciare il fratello.

La gola di Gillian si strinse e scivolò nel corridoio. Se James avesse avuto bisogno, l'avrebbe chiamata, ma lei non si sarebbe intromessa in qualcosa di così personale se non le fosse stato chiesto. Avrebbe aspettato fino a quando lui avesse avuto bisogno e sarebbe stata lì per lui.

10

James si inginocchiò accanto alla madre, stringendole la mano. Il respiro della donna era corto e i suoi occhi vitrei, ma quando il figlio era entrato nella stanza, aveva girato la testa verso di lui.

«Il mio ragazzo.» Le parole le sfuggirono dalle labbra in un debole sussurro.

«Sono qui, madre, sono qui.» Le passò le nocche sulla guancia, sentendo il calore della febbre. Il corpo e l'anima del giovane si riempirono di terrore.

«Dov'è tuo padre?» chiese la donna. «Voglio vederlo.»

Il cuore di James iniziò a sanguinare. Sua madre non riusciva a ricordare, non riusciva a superare quel periodo della sua vita in cui il marito era ancora vivo.

«È... è fuori a caccia, madre. Sono sicuro che tornerà presto.» Per la centesima volta James desiderò che suo padre fosse andato veramente a caccia, che non fosse mai morto. Un altro singhiozzo sfuggì a Letty che si mise in ginocchio dall'altra parte del capezzale della madre e seppellì il viso nella biancheria.

«Letty» mormorò la donna, accarezzando i capelli scuri della figlia. «Credo che tuo padre sia in ritardo...» Lady Pembroke sembrava divertita, nonostante la stanchezza. «Probabilmente si è fermato a riposare al casino di caccia...» I suoi occhi si illuminarono improvvisamente e James le strinse la mano più forte. «Dovrei andare a cercarlo. A volte gli piace quando vado a prenderlo...» Sorrise debolmente, gli occhi fissi su qualcosa che James non avrebbe mai visto, poi la luce si affievolì, le palpebre si chiusero e lei scivolò via serenamente.

Con il cuore a pezzi, James guardò sua madre. Sembrava che stesse semplicemente dormendo.

Letty iniziò a piangere. Il dottor Wilkes si avvicinò al letto e sollevò il polso di Lady Pembroke. Poi, dopo un attimo, lo riabbassò con cura e rilasciò un sospiro pesante.

«Mio signore, mi dispiace molto.» Il dottor Wilkes si avvicinò a James e gli posò delicatamente una mano sulla spalla. James riusciva a malapena a trattenere il dolore. Avrebbe voluto gridare, infuriarsi, cancellare il silenzio che lo circondava. Fissò intensamente il volto della madre, si alzò in piedi e tirò Letty a sé. Strinse forte la sorella, desiderando di assorbire il suo dolore.

«Va tutto bene» le disse prima di baciarle la testa. Ma

non sarebbe andato tutto bene. Avevano perso la madre troppo presto, proprio come il padre. E lui non era stato presente, non aveva vegliato su sua madre. Era stato a una stupida festa.

Quando finalmente Letty si acquietò tra le braccia del fratello, si tirò indietro per guardarlo, con gli occhi arrossati e il viso rigato dalle lacrime.

«James, io...» La giovane si morse il labbro, trattenendosi.

«Perché non vai nelle tue stanze a riposare. Adesso mi occuperò io di nostra madre» le promise.

La giovane annuì, ancora tremante, mentre usciva dalla stanza. James si voltò verso il dottor Wilkes, con la mente e il cuore per il momento beatamente intorpiditi. Presto avrebbe dovuto affrontare il dolore, ma aveva bisogno di mantenere la calma ancora per un po'.

❦

GILLIAN SI TESE QUANDO LETTY USCÌ DALLA STANZA. I loro sguardi si incrociarono.

«Lei è...?»

«Sì» mormorò Letty, con le lacrime che le rigavano le guance. «Mio fratello ha promesso che si sarebbe preso cura di lei.»

«E lo farà. Ti vuole tanto bene.» Gillian avrebbe voluto dire qualcosa, qualsiasi cosa che potesse essere d'aiuto, ma, dall'espressione di Letty, sapeva che non era la cosa giusta.

Letty si asciugò le lacrime. «Mia madre è appena morta. Non credi di dovere a mio fratello la verità su chi sei veramente? Se questo è un gioco che stai facendo per ottenere un titolo e dei soldi, non ti permetterò di fare del male a James. Non dopo aver perso nostra madre.»

«La verità?» ripeté Gillian, con il cuore che le batteva contro le costole. Letty sapeva... in qualche modo aveva scoperto la verità. Il terrore le strinse lo stomaco.

«Sì, la *verità*. Se non vuoi dirgli chi sei veramente, lo farò io. E poi potrai spiegargli cosa vuoi veramente e perché lo hai ingannato.» Quell'avvertimento aleggiò per molto tempo nel corridoio dopo che la giovane si allontanò di corsa.

Gillian premette la schiena contro la parete accanto alla porta. Come aveva fatto a scoprirla?

Dopo quindici minuti, la porta si aprì e James entrò nel corridoio. Si voltò verso di lei e i suoi occhi - quei deliziosi occhi marroni che le riempivano il cuore di amore − erano vuoti.

«Gillian...» James aprì le braccia e lei si precipitò da lui, stringendolo forte.

Prendi il mio amore, prendi la mia forza, pregò.

Il corpo del giovane tremò contro quello di lei, come una solida casa di pietra che vibrava al tuono di un temporale lontano.

«Mi dispiace» sussurrò Gillian con voce rotta. «Mi dispiace... non posso...»

«Non scusarti. Sono qui.» Le baciò il collo, stringendola a sé.

Qualche istante dopo, James si asciugò le lacrime dagli occhi. Con un sorriso triste, sospirò. «Non so come ringraziarti per essere venuta oggi con me.»

«Non c'è bisogno di ringraziarmi. Volevo essere qui per te.»

James sospirò. «È così strano, ma provo un terribile sollievo per il fatto che se ne sia andata. L'ho amata molto, con tutto il mio cuore, ma...» Faticava a trovare le parole ma Gillian non lo spronò. «Mentre cominciava a perdere la memoria, un po' alla volta, giorno dopo giorno, mentre spariva, io avevo già cominciato a dirle addio. Era come se mi fossi preparato a questo giorno tanti anni fa.» Le passò il pollice sul dorso della mano. «Ti sembra una follia?»

«No» rispose Gillian. «La cosa più difficile che affrontiamo come figli, è affrontare la perdita dei nostri genitori. Non è facile perderli senza un addio, eppure è ancora più difficile sapere che la fine sta arrivando e sentire che li stai perdendo mentre ancora respirano. Vorrei poter fare di più per confortarti.» Si appoggiò di nuovo a lui, abbracciandolo ferocemente, e lui la abbracciò a sua volta. Quel singolo istante era qualcosa che Gillian non avrebbe mai dimenticato, lei e James uniti contro un mondo che sembrava deciso a spezzare i loro cuori a ogni passo.

È per questo che lo amo, quest'uomo forte e coraggioso che mi ha aperto il suo cuore. Come non potrei?

James le baciò la testa e si separarono lentamente. Il giovane si schiarì la gola, con un'espressione timida sul volto. «Credo che ci serva un po' di tè, e devo scrivere una lettera a Lord Rochester per spiegare la nostra brusca partenza.»

James cercava di mantenersi composto; Gillian lo vedeva. Quel giovane voleva nascondere il proprio dolore e comportarsi normalmente anche se il suo cuore era spezzato. Gillian non lo avrebbe costretto ad affrontare il dolore; lo avrebbe fatto a suo tempo.

«Non preoccuparti di Lord Rochester. Ho lasciato detto a un cameriere che stavamo andando via. Perché non troviamo un posto tranquillo per parlare?» suggerì la giovane.

«Sì.»

James la accompagnò in un bellissimo salotto blu e giallo, dove si sedettero accanto al fuoco, senza parlare per un lungo istante. Gillian si prese il tempo per memorizzare il modo in cui la luce gli accarezzava i capelli scuri, rivelando quelle sfumature colorate nascoste. Il giovane teneva le mani appoggiate sulle ginocchia mentre fissava le fiamme.

«James, so che questo è il momento peggiore per sollevare una questione del genere, ma...» Gillian si schiarì la gola. «È ora che tu sappia la verità su di me. Voglio che tu la sappia da me, non da qualcun altro.» L'ultima cosa che Gillian voleva, era aumentare il dolore di James ma Letty glielo avrebbe detto se non l'avesse fatto lei.

«Gillian, non devi...»

La giovane sollevò una mano. «Ti devo la verità, James. Dal momento in cui ci siamo incontrati nel negozio di Madame Ella, avrei dovuto essere onesta con te.»

Ora James la fissava, con uno sguardo preoccupato, come se intuisse che quella confessione sarebbe stata la fine.

«Non sono chi tu pensi che io sia. Vorrei con tutto il cuore esserlo, ma non lo sono.»

James inclinò la testa. «Che cosa vuoi dire? Non parlare per enigmi.»

«Non sono una signora. Sono...» Gillian dovette trarre un respiro forzato. Non poteva dire di essere una cameriera. Avrebbe peggiorato solo la situazione. Decise invece di spiegare in modo meno diretto. «Mio padre era Lord Morrey.»

Il duca spalancò gli occhi. «Tuo... ma... Morrey aveva un figlio e una figlia, Lord Adam Beaumont e Lady Caroline, sua sorella.»

«Anch'io sono la figlia del defunto Lord Morrey. Ha avuto un'amante dopo la morte della moglie.» Gillian aspettò, chiedendosi chi dovesse parlare.

«Sei una figlia illegittima?»

La giovane si morse il labbro, sapendo di dover continuare. «Dopo la morte di mio padre, dovevo mantenere me e mia madre, ma lei morì non molto tempo dopo mio padre ed io andai a servizio.»

James si schiarì la gola. «Per servizio intendi...»

«Ero, e sono ancora, la cameriera di una signora... Audrey Sheridan.»

Gli occhi di James erano scuri e insondabili e non disse nulla. Il silenzio crebbe tra loro.

Gillian si schiarì la gola e continuò: «Non ho mai avuto intenzione di ingannarti. Il giorno in cui ci siamo incontrati per la prima volta alla modisteria, ero stata incaricata di provare dei vestiti della signorina Sheridan. Noi due abbiamo più o meno la stessa taglia, e poi tu...» Non riuscì a continuare, ma negli occhi di James era chiaro che avesse capito come l'inganno fosse iniziato in modo innocente. «Ho cercato di starti lontana, ma tu mi hai attirata di nuovo a te come il mare fa con la riva.»

Non c'era mai stato modo di fermarlo una volta che si erano incontrati. Solo ora Gillian si rendeva conto che l'attrazione tra loro sarebbe stata *sempre* presente, almeno per lei, e sapeva con certezza che avrebbe sentito una fitta al cuore ogni giorno che avrebbe dovuto vivere senza di lui.

«La cameriera di una signora.» James la fissò, con un volto inespressivo.

È furioso. Deve esserlo. L'ho ingannato. Come può non disprezzarmi?

Gillian sollevò leggermente il viso, facendo di tutto per non piangere. «Sì. Desideri che me ne vada?»

«Andare via?» Il duca sbatté le palpebre come se si stesse svegliando da uno stato di trance. «Gillian, io ti amo. L'ultima cosa che vorrei è che tu te ne andassi, ma...»

Ma... Quella singola parola bruciava come un fuoco nel suo cuore.

«Ma» continuò il giovane, con la voce ancora roca per l'emozione, «mia madre è appena morta e, anche se volessi sposarti domani, devo occuparmi dei preparativi per il funerale e dobbiamo ritardare per il tempo necessario. Il lutto deve essere rispettato. La gente spettegolerà già abbastanza, ma se aspettassimo, sarebbe meglio.»

Questa volta fu Gillian a sbattere le palpebre. «Vuoi sposarmi?»

«Naturalmente.» James si alzò, camminò fino al camino e poi tornò indietro.

«Ma non puoi. Non sono nemmeno la figlia di un gentiluomo.» Era il suo dolore a parlare, cercando disperatamente di aggrapparsi a qualcosa o a qualcuno. James non intendeva veramente sposarla, non poteva. Era una follia, era inaccettabile.

«Sei la figlia di un conte.»

«Sono la figlia *bastarda* di un conte» replicò lei.

James si chinò per prenderle il viso tra le mani, sorridendo leggermente.

«Il mio tesoro. Il mio amore. Non ha mai avuto importanza chi *pensavi* di essere. Ciò che conta è chi io *so* che sei.»

Gillian tremò sotto il tocco del giovane mentre lui le passava il polpastrello del pollice sulle labbra, scrutandola. «E chi sono?»

«La donna del mio cuore. Non mi sono mai sentito così con nessun'altra. Solo con te. Combatterò il mondo per stare con te, se necessario. Ho affrontato l'*hellfire club* e il gatto del diavolo per stare con te. Pensi davvero che lascerei che la *società* mi ostacolasse?»

«Ma non posso essere io a distruggere la tua reputazione. Non hai le idee chiare.» Gillian arricciò le dita intorno ai polsi del duca, aggrappandosi a lui quando sapeva che avrebbe dovuto lasciarlo andare.

James abbassò la testa su quella di lei, sfiorandole le labbra in un bacio che le fece cantare l'anima. Ma lei aveva troppa paura di accogliere quella gioia. La sua vita non era mai stata pensata per essere felice. Non così.

«Devo rimandarti a casa di Rochester.»

Ed ecco la decisione di lasciarla andare.

«Certo. Capisco» sussurrò Gillian, abbassando le ciglia per evitare di piangere. «È la cosa giusta da fare.»

«Gillian» ringhiò il giovane. «Guardami.»

Gillian sollevò lo sguardo.

«Devo mandarti a casa dalla tua padrona, in modo

che tu abbia il tempo di preparare un corredo adeguato. Devi informarla delle tue dimissioni dal tuo impiego. Spero che non si arrabbi per il fatto che ti sto portando via.»

Gillian non riusciva ancora a credere di sentire che lui la volesse, anche dopo aver saputo la verità.

«Sarà arrabbiata per avermi perso, ma anche felice. Sa cosa provo per te.»

James la sollevò in piedi e la tirò tra le braccia. «È meglio che lo sia. Dopotutto, è stata lei a invitarmi alla festa.»

«Cosa?» Gillian sussultò. «Ma ha detto di non averlo fatto.» In realtà non l'aveva fatto, ma sembrava sinceramente sorpresa che James fosse andato alla festa dei Rochester.

«Sono venuto a casa degli Sheridan la settimana scorsa, prima della festa, la mattina dopo l'incidente dell'*hellfire club*.»

«Me lo ricordo» confessò Gillian. «Ero nascosta presso l'ingresso della servitù e ti ho visto entrare.»

James le strofinò le mani su e giù per la schiena. «Così vicina, eppure non avevo idea che tu fossi lì.»

«Perché sei venuto quel giorno?» gli chiese.

«Per trovare te. La signorina Sheridan era l'unico legame che avevo con te. L'ho pregata di dirmi dove fossi, *chi* fossi. Non mi ha rivelato la tua identità, ma mi ha detto che potevo venire alla festa e conquistarti.»

Gillian scosse la testa, incredula. Fino a quel

momento aveva creduto che l'ambizione di Audrey di diventare una spia fosse una sciocchezza, ma ora cominciava a pensare che la sua padrona potesse essere abbastanza intelligente da ingannare il re di Francia.

«In effetti.» James le infilò le dita tra i capelli e la baciò, facendo sgorgare dalle sue labbra un fiume di passione. Quando finalmente le loro bocche si separarono, lui premette la fronte su quella di lei. Il dolore tornò negli occhi del giovane e la strinse in un abbraccio feroce, come se solo lei potesse confortarlo.

«Mi aspetterai? Devo concentrarmi sull'organizzazione del funerale.»

«Se mi vuoi veramente, ti aspetterò per tutto il tempo che ti serve» giurò lei.

Se James era disposto a sfidare la condanna della società per lei, lei avrebbe fatto tutto il possibile per essere degna di lui, anche se avesse dovuto aspettare per sempre.

11

Erano trascorse due settimane dalla morte della madre di James, ma lui sentiva ancora la sua presenza nella casa di città dopo che lui e Letty erano tornati a Londra. Gli mancava a ogni respiro, ma una parte di lui si sentiva sollevata dal fatto che sua madre non soffrisse più. Non era più sé stessa da diversi anni e lui aveva desiderato che, se non avesse potuto guarirla, potesse almeno porre fine al suo dolore. Anche se il suo cuore era ancora spezzato, Jonathan sapeva che ora lei era con suo padre e che lì, insieme, avrebbero potuto essere felici.

James indugiò nell'atrio, con il cappello in mano, preparandosi al giorno che avrebbe cambiato per sempre la sua vita. Stava per andare a reclamare Gillian come sua. Pubblicamente, nel modo in cui lei meritava. James sapeva che lei aveva promesso di aspettare e che si erano scritti ogni giorno per ribadire il loro impegno, eppure provava una fitta al petto.

«James...» La voce di sua sorella lo fece voltare. Letty scese le scale, piuttosto bella in un semplice abito da giorno lilla adatto al lutto e con uno scialle. Era il solito momento della giornata in cui lei faceva visita agli amici, ma, data la morte della madre, sarebbe rimasta a casa per i mesi seguenti.

«Ah, Letty, sono contento che tu sia qui. Ho bisogno di parlarti.» Non aveva ancora detto ufficialmente a sua sorella che intendeva sposare Gillian. Una parte di lui temeva che lei potesse arrabbiarsi per quel matrimonio. Da quando Letty aveva scoperto la storia di Gillian, il suo modo di fare era sembrato stranamente teso ogni volta che lui aveva fatto il nome della giovane in una conversazione.

«Anch'io devo parlarti.» Lo raggiunse in fondo alle scale. Il dolore e la preoccupazione erano così evidenti negli occhi della sorella che gli mancò il fiato. Quelle parole non promettevano nulla di buono.

«Letty, cosa...»

«Per favore, lasciami parlare» lo implorò la giovane.

James annuì, con il corpo ormai teso dall'ansia.

«Ho costretto Gillian a rivelarti la verità sulla sua situazione. Vedi, ho fatto visita a Lord Morrey, il suo fratellastro, e ho scoperto che la sta cercando da quando è morto il loro padre. Vuole conoscerla e sostenerla. Non si vergogna affatto del loro legame.» Sospirò, incurvando leggermente le labbra. «È meraviglioso, in realtà. Ma ero sconvolta e temo di aver combinato un pasticcio. Quando la mamma è morta, stavo soffrendo terribilmente, l'ho vista e...» Letty fece una pausa, tirò su con il naso e continuò. «Ho temuto il peggio sulle sue intenzioni. Le ho detto che doveva confessarti la sua situazione, altrimenti l'avrei fatto io.»

James non sapeva cosa dire, ma non era arrabbiato. Capiva il dolore di Letty e il bisogno di sfogarsi. Avrebbe potuto reagire in quel modo, ma non l'aveva fatto. Gillian gli era stata vicina. Aveva fatto qualcosa che lui non avrebbe mai creduto possibile: aveva preso parte del suo dolore e lo aveva portato sulle proprie spalle. Quella forza e quel sostegno avevano reso la perdita più sopportabile. All'epoca si era sentito in colpa per aver condiviso quel fardello, ma poi aveva capito qualcosa che gli aveva riempito il cuore di speranza. Quando si incontrava la persona destinata a essere la propria compagna di vita, non si poteva imporle il dolore: lo prendeva volontariamente e lo condivideva. Non avrebbe mai potuto nascondere il suo cuore a Gillian, perché le apparteneva. Lei lo avrebbe visto sempre nei momenti più bui, nelle ferite, e sarebbe stata lì ad aiutarlo. Non perché doveva farlo, ma perché lo voleva.

Ed io farò lo stesso per lei. Ogni dolore, ogni gioia, ogni cosa, la condivideremo insieme.

«Letty, per favore, non essere dispiaciuta. Non sono arrabbiato con te» disse il giovane. Le prese il mento e le sollevò il viso, odiando le lacrime che le ricoprivano le ciglia.

«Non lo sei?»

«No. Ma ora devo dirti una cosa. È mia intenzione sposare Gillian. Questo ti causerà altro dolore?»

Letty scosse la testa. «Mi è sempre piaciuta, lo sai. Volevo solo proteggerti. Tante donne desiderano un titolo, e temevo che qualcuna potesse approfittare del tuo cuore.»

James rise leggermente. «Ti accalori sempre per le questioni di cuore, e ti ammiro per questo. Ma stai tranquilla, starò bene finché avrò Gillian.»

«Allora sono contenta.» Il sorriso di Letty era luminoso come il sole. Chiunque un giorno l'avesse sposata, avrebbe apprezzato un simile sorriso.

«Vado a trovarla. Ti andrebbe di venire?»

«No, ma portale i miei saluti quando la vedi. Sarà una tale gioia averla qui quando sarete sposati.»

«Dici davvero?» James si sistemò il cappello in testa e si infilò i guanti.

«Certo» gli assicurò Letty. «E ora vai! So che sei ansioso di vederla!» Letty lo spinse verso la porta. James non poté fare a meno di sorridere. Era davvero ansioso di iniziare il resto della sua vita meravigliosa con Gillian.

AUDREY SI PRECIPITÒ IN SALOTTO. «È QUI!»

Gillian si alzò a sedere e mise da parte il ricamo a cui aveva finto di interessarsi. In realtà, stava ricamando sempre lo stesso pezzo da quando un messaggero l'aveva informata che James stava arrivando per chiedere formalmente la sua mano. Stentava a credere che fossero passate due settimane, eppure i giorni erano sembrati trascinarsi e passare troppo in fretta senza che lei potesse vederlo.

Cedric, il fratello maggiore di Audrey, si sedette su una poltrona accanto al fuoco e piegò il suo giornale. Guardò Gillian.

«Sei sicura di volerlo sposare? Mi piace immensamente, naturalmente, ma basta una tua parola e lo caccerò via.» Cedric le sorrise in un modo che le fece tremare il cuore di gioia. Il visconte aveva subito preso in mano la situazione quando Gillian era stata costretta a spiegare le sue dimissioni. In un attimo si era trasformato da datore di lavoro a fratello onorario. Gli Sheridan l'avevano sempre trattata come un membro della famiglia, e ora Gillian sentiva più che mai di farne parte.

«Non osare!» esclamò Audrey, schiaffeggiando il braccio del fratello.

«Mio signore» disse Sean Hartley apparendo sulla porta. «Ci sono Lord Pembroke e Lord Morrey che vogliono vedere voi e, naturalmente, la signorina Beaumont.»

A Gillian si strinse la gola e dovette lottare per rimanere calma. «Hai detto Lord Morrey?»

Audrey la guardò, impallidendo. «Hai detto che non sapeva di te.»

«È vero» disse Gillian. Che cosa poteva significare tutto ciò?

«Volete ancora che li faccia entrare?» domandò Sean.

Cedric studiò Gillian. «Dipende da te, mia cara.»

«Io... Sì, falli entrare.» Avrebbe dovuto semplicemente affrontare la situazione e pregare che Lord Morrey non fosse lì per rovinarle la possibilità di essere felice. Aveva fatto del suo meglio per rimanere invisibile, per evitare di attirare l'attenzione della famiglia di Lord Morrey. Una volta sposata, anche il suo nome sarebbe cambiato. Cos'altro poteva fare?

Gillian rimase in piedi, con il cuore che batteva all'impazzata, sentendo le voci riecheggiare nel corridoio. Sean aprì la porta e James entrò per primo. Il sorriso rassicurante del giovane alleviò la sua preoccupazione, ma solo per un istante. Il secondo gentiluomo, Lord Morrey, era alto, con i capelli scuri e gli stessi occhi color tortora che non si vedevano spesso a Londra. *Abbiamo gli stessi occhi, proprio come nostro padre.* Era bello, elegante, ma anche un uomo che avrebbe mandato in estasi Audrey se non fosse stata già invaghita di Jonathan Saint Laurent.

«Lord Pembroke, Lord Morrey» salutò Cedric.

«Lord Sheridan» risposero entrambi, educatamente.

«Gillian, vuoi che resti? O vuoi che mi ritiri nel mio

studio? Quando Lord Pembroke e Lord Morrey saranno pronti, potranno discutere con me della tua dote.»

«Dote?» Gillian era confusa. «Non ho nessuna dote.»

«Sciocchezze» disse Cedric. «Te ne darò una io.»

«In realtà...» Lord Morrey si schiarì la gola, con un'espressione illeggibile sul volto. «Credo che sia mio dovere, in quanto parente prossimo.»

Cedric incrociò le braccia. «Siete qui per riconoscere che Gillian è una vostra parente, quindi?»

«Sì» rispose Morrey, tornando ad accigliarsi verso Cedric. «Per quanto mi è possibile. Spero che nessuno possa avere l'impressione che io intenda disconoscerla.»

«Beh» esordì Cedric, «la cosa fa riflettere. È stata al mio servizio per tutti questi anni. Dov'eravate quando aveva bisogno di aiuto?»

«Mio signore!» Gillian arrossì fino alle radici dei capelli, guardando Cedric che la difendeva. Non era necessario.

«Avete frainteso. La stavo cercando» spiegò Morrey a Cedric, poi si rivolse a Gillian. «Da un bel po' di tempo. Mio padre, *nostro* padre, desiderava che mi prendessi cura di voi e di vostra madre. Mi dispiace di non essere riuscito a trovarvi dopo la sua morte, ma ora voglio rimediare e fare tutto il possibile per aiutarvi.» Sorrideva, ma c'era una certa tristezza sul suo volto. «Però sembra che sia troppo tardi. Lord Pembroke mi ha informato che voi due state per sposarvi. Quindi il minimo che io possa fare, è darvi una dote e offrire me e mia sorella come vostra famiglia.»

«Ma...» All'improvviso il mondo iniziò a girare intorno a Gillian che, per rimanere in piedi, si aggrappò allo schienale della poltrona più vicina. James fu lì in un istante, afferrandola per la vita.

«Grazie.»

«Di nulla» rispose lui sottovoce.

«Lord Morrey, se riconoscete un qualsiasi legame con me, provocherete uno scandalo.»

Morrey sorrise, lasciando trasparire un luccichio fanciullesco nei suoi occhi fin troppo seri. «Ah, ma ci ho pensato. James ha accennato alla vostra preoccupazione per lo scandalo, e credo che abbiamo trovato una soluzione deliziosa. Non è vero, Pembroke?»

«Credo di sì!» James lanciò un'occhiata ad Audrey. «Ambrose Worthing, un mio amico, una volta è riuscito a ottenere l'aiuto di Lady Society. Spero di poter fare lo stesso.»

All'improvviso Gillian notò Audrey irrigidirsi.

«Lady Society?» Cedric ridacchiò. «Fareste meglio a stringere un patto con il diavolo. Vi ritroverete nei guai fino al collo con quella donna, chiunque essa sia.»

«Non credo» disse James. «Lady Society è molto intelligente e ha sempre sostenuto le questioni di cuore, soprattutto quelle che sfidano le convenzioni. Ricorda ai suoi lettori che dobbiamo moderare le nostre tradizioni con la compassione.»

«Ha anche la capacità di scovare i segreti più scomodi e di pubblicarli affinché tutti li vedano» ribatté Cedric. «Vi dico che state giocando con il fuoco se sperate di ottenere il suo aiuto.»

«Varrebbe qualsiasi prezzo se mi aiutasse a convincere la società ad applaudire anziché condannare il mio matrimonio con Gillian. Credo che concorderebbe sul fatto che sia una causa che vale la pena di sostenere.»

Gillian si rilassò quando capì che James non avrebbe rivelato l'identità segreta di Audrey davanti al fratello.

«Qual è la vostra soluzione?» incalzò Cedric.

Morrey sorrise di nuovo. «Contatteremo Lady Society attraverso la *Quizzing Glass Gazette*, informandola della nostra situazione e chiedendo il suo aiuto. Speriamo che Lady Society scriva dell'incantevole nuova signora di Londra, la signorina Gillian Beaumont, che si dice sia una cugina di campagna, un vecchio legame familiare che io e mia sorella siamo entusiasti di rinnovare. Naturalmente, se voi ritenete di avere un mezzo più efficace per raggiungere il pubblico, ci rimetteremo alla vostra decisione.»

«Vostra sorella non si oppone?» chiese Gillian, trattenendo il fiato.

«Certo che no. Spero che anche voi siate benevola nei nostri confronti... sorella» disse Morrey e la tenerezza del suo tono sconvolse la giovane. Per un attimo Gillian non riuscì a respirare. Una gioia così forte sembrò esplodere dentro di lei che dovette calmarsi per non scoppiare a piangere. Si aspettava che Morrey volesse pagarla per nasconderla, screditarla o quanto-meno ignorarla. Ma accoglierla così apertamente? Era al di là di qualsiasi cosa avesse mai sognato.

«Grazie, mio signore» disse Gillian, con gli occhi velati dalle lacrime.

Morrey la stava ancora osservando e il sorriso sul suo volto crebbe sentendo quella risposta. «Scoprirai che siamo fratelli degni. Nostro fratello ci ha insegnato che la famiglia è importante, e tu fai parte della nostra.»

Il volto di Cedric si illuminò. «Ben detto! Sono lieto di sapere che avete colto nel segno, Morrey.»

Morrey si avvicinò a Gillian e le tese una mano. «So che non hai bisogno della mia benedizione per sposare Pembroke, ma ce l'hai, insieme a una buona dote.»

«Non ne ho bisogno, davvero» intervenne James. «Il cuore di Gillian è tutto ciò di cui ho veramente bisogno.»

«Per favore. Permettetemi di concedervela, in modo che possiate riempire vostra moglie di regali. Dopo tutti i suoi anni di servizio, credo che non meriti niente di meno» insistette Morrey.

Inondarla di regali? Il pensiero era così estraneo da far ridere.

«Che ne pensi, amore?» le chiese James. «Gli abiti migliori, le scarpe più belle, una stanza intera per le tue cuffiette?»

«Sì, certo che li vuole!» esclamò Audrey. «Gillian, avrai una stanza per le tue cuffiette!» Gli occhi della sua amica brillavano di malizia e di pura gioia al pensiero di tutti quegli stupidi cappelli ammassati in una stanza.

Gillian sospirò e ridacchiò. «Forse potremmo ampliare la biblioteca per includere altri romanzi, invece?»

James le sorrise. «E romanzi siano, ma insisto almeno sulle camice e sulle pantofole.»

La giovane si morse il labbro. «Perché sono molto semplice?»

James la fissò stupito. «Tutt'altro! Sei la donna più bella che io abbia mai conosciuto. Ma desidero offrirti il meglio per far ingelosire ogni donna.»

«Oh!» Gillian doveva ancora abituarsi all'idea che qualcuno potesse essere geloso di lei.

«Quindi non resta che scegliere una data, allora?» chiese James. «Ti andrebbe bene Natale?»

«Non è troppo presto dopo la morte di tua madre?»

James scosse la testa. «Ufficialmente sì, il che significa che la gente parlerà, ne sono certo, ma sono uno scapolo, un buon partito, o almeno così dicono, quindi non li sorprenderà il fatto che sia stato preso. Che senso ha aspettare? Ti ho detto che non mi dispiaceva lo scandalo.» L'umorismo gli brillava negli occhi mentre le cingeva la vita con un braccio.

«Natale sarebbe meraviglioso, allora!» Gillian inclinò il viso verso quello di lui, crogiolandosi nella solarità del suo sorriso.

James gli strappò un rapido bacio. Cedric e Morrey

espressero il loro disappunto, ma più per correttezza che per reale obiezione.

«Verrò a chiamarti per il tè, a cavallo di Rotten Row...» Le baciò a lungo la mano. «Sarai corteggiata come si deve, proprio come ho promesso.»

All'improvviso il cuore di Gillian era così pieno d'amore, una gioia così travolgente che a stento riusciva a sopportarla. Nel giro di poche settimane, era passata dall'essere una serva orfana a una signora con due fratelli protettivi.

«Vedi? Ti avevo promesso che sarebbero arrivate cose belle dopo il nostro incontro di tanti anni fa» disse Audrey con un luccichio negli occhi. «Cose molto belle.»

Gillian sorrise all'amica e pronunciò le parole che non avrebbero mai potuto rendere appieno la profondità della sua gratitudine. *Grazie.*

«Le sorelle servono a questo» aggiunse Audrey. Scrollò le spalle come se donare a Gillian tanta gioia fosse stato un semplice dovere e non il dono più grande che si potesse ricevere. Lady Society poteva davvero fare miracoli. Aveva dato a Gillian un amore come nessun altro, un uomo che si preoccupava veramente di lei, qualcuno che la voleva come compagna di vita.

James stava guardando Gillian, con uno sguardo di speranza negli occhi, ma c'era qualcosa di più. Non solo speranza, ma una promessa d'amore e di vita insieme. Dopotutto, lui era il suo conte meraviglioso e peccaminoso e avrebbe realizzato ogni suo sogno.

EPILOGO

Un mese dopo

Gillian si trovava nella sala da pranzo della casa di James, con l'abito da sposa che frusciava sui tappeti mentre girava intorno al lungo tavolo. Da un momento all'altro gli ospiti sarebbero arrivati dalla chiesa per partecipare al rinfresco, ma lei aveva qualche momento prezioso da sola per ammirare le creazioni della cuoca. La tavola era piena di torte e altre prelibatezze, e c'erano tantissimi fiori d'arancio che riempivano l'aria con il loro profumo, facendo sembrare la stanza più simile a un giardino. Per tanto tempo Gillian era stata dall'altra parte di quel tipo di vita, quella che doveva rimanere invisibile e inascoltata, faticando all'alba e fino a notte fonda per rendere migliore la vita di un'altra persona. Ora era lei ad avere tutto ciò che desiderava. Pensarci era strano più che confortante, e sapeva che ci sarebbe voluto un po' per abituarsi a essere una signora anziché una cameriera.

«Gillian?» La giovane si voltò e vide la sua nuova cognata in piedi sulla porta.

«Sì?» Studiò Letty mentre si avvicinava. I suoi occhi marroni erano seri e pieni di rimorso.

«In tutta la follia di questo matrimonio lampo, non ho mai avuto la possibilità di scusarmi.» Letty allungò la mano per toccare le mani della cognata. «Non avrei mai dovuto spingerti a parlare a James del tuo passato, non quel giorno. Ho sbagliato e mi dispiace di averti accusata di aver cercato d'ingannarlo per motivi egoistici.» Dalla voce di Letty trasparì una certa commozione.

«Letty, non c'è nulla da perdonare. Lo stavi proteggendo. Non mi sarei aspettata niente di meno da una sorella devota.» Gillian strinse le mani dell'altra donna tra le sue.

«Ma odio i veri motivi delle mie azioni. Sono stata più egoista di quanto ti abbia fatto credere. Inoltre avevo paura dello scandalo. Ma se c'è qualcosa che ho imparato da te, è che lo scandalo non conta, non quando si tratta di amore. Mi sei piaciuta dal primo istante in cui ci siamo incontrate e non avrei dovuto cercare di mettermi tra te e James. Lo rendi così felice, meravigliosamente felice, e lui merita questa felicità più di qualsiasi altro uomo che io conosca. Sei la donna perfetta per lui, non importa da dove vieni o chi eri una volta. Conta ciò che sei: la donna che lui ama, la donna che lo rende felice.»

In effetti, quanto è vero, pensò Gillian, sorridendo leggermente. Lei e James avevano progettato di sposarsi intorno a Natale, ma a lei erano mancate le mestruazioni solo due settimane dopo il fidanzamento, e avevano deciso di non rischiare di far parlare il *ton* per proteggere il bambino che, ne era certa, portava in grembo. Alle prime cene a cui aveva partecipato c'era stata una tempesta di mormorii e molte signore erano rimaste sconvolte dal fatto che James non fosse più scapolo. Lui lo trovava piuttosto divertente e ben presto Gillian si era rilassata, una volta accertato che i pettegolezzi non facessero del male né a lui né a sua sorella. In effetti, l'intervento di Lady Society era stato utile, proprio come James e Adam avevano sperato.

Audrey aveva scritto un articolo delizioso su Gillian, convincendo la maggior parte dei lettori. I pettegolezzi su di lei avevano riguardato più la sua misteriosità, la sua bellezza e la sua grazia naturale che le speculazioni sulle sue condizioni familiari. E Gillian non poteva dimenticare la rapidità con cui era stata accolta dal fratellastro, Adam, e dalla sorellastra, Caroline.

«Sono così felice che tu faccia parte della nostra famiglia» aggiunse Letty. «Il giorno in cui ti ho incontrata dalla modista, ho avuto una sensazione su di te. Un senso di affinità.» gli occhi della giovane brillarono di lacrime di felicità e poi abbracciò Gillian.

«Grazie! Non avrei mai immaginato di avere due sorelle in un mese, ma sono così felice che ora siamo una famiglia!»

«Sono d'accordo! È così divertente avere una sorella in casa.» Letty la strinse di nuovo, sorridendo. «Devo andare a cercare mio fratello. Gli ospiti arriveranno presto.»

Lasciò Gillian di nuovo sola nella sala da pranzo. Allungò la mano per toccare le delicate brocche di porcellana. I motivi colorati di fiori rossi e oro le ricordavano James e le lunghe passeggiate che amavano fare a Hyde Park, ammirando le foglie diventare d'oro. Intorno a lei la vita era bella e il suo futuro brillava come una stella luminosa nel cielo invernale.

«Stai cercando di rubare un po' di torta?» Il tono stuzzicante di James la fece sorridere. Il giovane entrò nella stanza, elegante nella sua giacca nera, nel suo panciotto e nei suoi pantaloni. I suoi occhi marroni brillavano come cioccolata calda.

«Lo ammetto, sono tentata. L'idea che io mangi già per due, è un po' scoraggiante.» Posò un palmo sulla pancia ancora piatta. Non aveva dimenticato il travaglio difficile di Horatia né la paura di tutti. James le si avvicinò, le mise le braccia intorno alla vita e la tirò a sé. I loro volti erano a pochi centimetri di distanza. Condivisero lo stesso respiro, con gli occhi fissi l'uno sull'altra.

«Lo affronteremo insieme. Qualsiasi cosa ti spaventi, io sarò al tuo fianco.» James sussurrò il suo giuramento con voce sommessa, con la convinzione di un cavaliere dei tempi passati, che giurava di proteggere la sua dama.» Per quanto Gillian insistesse sul fatto che non avesse mai avuto bisogno di essere salvata, sapere che James potesse combattere per lei, le diede un nuovo tipo di forza. Conosceva le proprie virtù perché si era mantenuta da sola per tanti anni ma sapere di avere accanto un compagno, faceva tanta differenza per lei. Insieme avrebbero potuto affrontare qualsiasi cosa.

«Veramente, ti rendo felice?» gli chiese, giocherellando con la cravatta di lui, bianca come la neve. Gillian pensava che ci sarebbe voluto un po' di tempo per scacciare il timore di non essere abbastanza per lui. Una vita di dubbi non svaniva in una notte.

Non c'erano ombre negli occhi di James mentre le porgeva la guancia. «Per me c'è sempre stata gioia solo quando sono con te. Quando sei qui, è come sentire il sole sul viso dopo un freddo inverno. Tu hai infuso la *vita* in me. Nessuno si è mai avvicinato da farmi sentire così. Nessun altro nome riempirà il mio cuore se non il tuo.» Gli occhi del giovane ardevano con un'intensità sorprendente. «Che cosa devo fare per dimostrare che per me sei l'unica?»

Non c'era nulla che James potesse fare. Glielo aveva già dimostrato più volte.

Gillian deglutì. «Non riesco a credere che il destino mi abbia dato te. Che io sia degna di un tale dono.» Appoggiò il viso sulla mano del giovane, chiudendo gli occhi e inspirando lentamente. «Per tanto tempo non ho osato sognare, non ho osato credere di poter avere una vita piena di gioia e di amore. Temevo di restare sempre alla finestra a fissare un mondo che non avrebbe mai potuto essere mio. Come posso meritare te e tutto questo?» Fece un cenno alla stanza decorata splendidamente ma si riferì a molto di più.

«Tutti meritano l'amore e una bella vita» disse James, «Tu ed io siamo stati semplicemente più fortunati di molti altri a trovare la nostra insieme.»

James abbassò la testa e le coprì la bocca con la sua per baciarla in modo appassionato. Gillian immaginò di potersi inebriare di un simile sapore, delle braccia di lui che la stringevano e della sensazione del cuore di lui che batteva così vicino al suo. La sua anima, un tempo stanca, era stata risvegliata dalla passione e dalla ferocia dell'amore di suo marito. Sorrise ricordando il giorno in cui, un mese prima, avevano recitato insieme la poesia di John Donne *The Good Morrow*:

SE I NOSTRI AMORI SONO UNO E TU

ED IO COSÌ FRATELLI NELL'AMORE

CHE NÉ L'UNO NÉ L'ALTRO PUÒ MANCARE O MORIRE.

. . .

OGNI PAROLA ERA STATA VERA ALLORA, E SAREBBE rimasta tale per sempre.

GRAZIE MILLE PER AVER LETTO *IL CONTE DI Pembroke*! Girate pagina per leggere il primo capitolo del prossimo libro della serie, intitolato *Il suo segreto peccaminoso*!

IL SUO SEGRETO
PECCAMINOSO

Regola 17 della Lega:

Non lasciate mai che il vostro titolo, o la sua mancanza, definisca chi siete.

Estratto dalla *Quizzing Glass Gazette*, 9 settembre 1821, rubrica Lady Society:

Negli ultimi tempi Lady Society è piuttosto frustrata dai gentiluomini, soprattutto da quelli con un temperamento malizioso. In particolare, sta rivolgendo il suo sguardo di disapprovazione sul signor St. Laurent, il fratello minore del Duca di Essex. Questo gentiluomo ha tentato di sedurre in modo insensibile una giovane del ton *e poi l'ha respinta quando lei ha manifestato il suo interesse. Signor St. Laurent, non potete giocare al gatto col topo con una donna che non è più della partita. È finita.*

Lasciate stare la signora, visto che non avete alcun desiderio di sposarla. Consideratevi avvertito.

«CONSIDERARMI *AVVERTITO*?» JONATHAN ST. LAURENT fissò il foglio che aveva rubato a Lucien, il Marchese di Rochester. I due erano seduti comodamente in una stanza del club Berkley, in attesa dell'arrivo dei loro amici per i loro drink e sigari settimanali.

Il marchese dai capelli rossi ridacchiò. «Hai attirato su di te l'ira di Lady Society in persona. Che Dio abbia pietà della tua anima.»

«Infatti.» Jonathan rilesse l'articolo, soffocando a ogni parola. Non aveva fatto nessun gioco. C'era solo una donna in tutta Londra che poteva dire di aver sedotto, o di averci provato: la signorina Audrey Sheridan, la sorella minore del suo amico Cedric, visconte Sheridan.

Jonathan aveva trascorso tutta la vita credendo di essere un servo, senza sapere fino all'anno precedente di essere, in realtà, il fratellastro del Duca di Essex. Stava imparando il suo posto nel *beau monde*, a conoscere i modi di un gentiluomo e a fare del suo meglio per lasciarsi alle spalle la sua vita da servo. Ma i guai lo avevano trovato. Un guaio che portava il nome di Audrey.

Era una vera e propria diavolessa. Una bellezza dai capelli scuri con una lingua tagliente e un'inclinazione per i guai. L'ultima cosa di cui Jonathan aveva bisogno, erano i guai. Tuttavia, dal momento in cui l'aveva incontrata, era stata una presenza costante nella sua mente.

«Ebbene, cosa pensi di fare?» gli chiese Lucien, con un sorriso divertito e sardonico mentre sorseggiava il suo brandy.

«Che cosa posso fare?» Jonathan strinse il foglio tra le mani. «Non l'ho sedotta, non in un modo che conti davvero.»

«Secondo quali criteri? Quelli di un gentiluomo o quelli della vita che conducevi prima?»

Quelle parole ferirono Jonathan. «Non sono stato altro che un gentiluomo con lei.»

Lucien sembrò rendersi conto che le sue parole avevano ferito Jonathan e si corresse. «Intendo semplicemente dire che potrebbe esserci stato un malinteso. Lo sai che le signore spesso hanno una visione della seduzione molto diversa dalla nostra.»

«Non l'ho sedotta. Almeno per quanto ne so io. E poi, ero pronto a sposarla. Stavo per chiederglielo oggi pomeriggio, quando l'ho vista l'ultima volta.»

Nel primo pomeriggio Jonathan aveva cercato di chiederle di sposarlo, ma lei era scappata prima ancora che lui potesse farle la domanda. Temendo che si mettesse nei guai, l'aveva seguita in un bordello, il Midnight Garden, che si rivolgeva a una clientela dell'alta società. Aveva trovato Audrey da sola, in una stanza, con un bel ragazzo e aveva perso il controllo, buttando l'uomo fuori dalla stanza. Lui e Audrey avevano discusso, e, ogni litigio sfociava sempre in brevi ma intensi momenti di passione.

Non aveva mai incontrato una donna che gli infiammasse il sangue con un semplice sorriso o una risata. Tutto in lei faceva brillare il mondo in un modo che Jonathan non aveva mai creduto possibile.

Ma non l'aveva sedotta, non nel modo in cui suggeriva la rubrica mondana. Le aveva dato un assaggio di quello che poteva essere il piacere tra un uomo e una donna, e, quando l'aveva stretta tra le braccia, con il corpo che le tremava per i tremiti dell'orgasmo, Audrey si era persa nei suoi occhi. Le parole della proposta di matrimonio gli erano rimaste sulle labbra e, proprio quando aveva trovato il coraggio di parlare, lei aveva reagito con il suo atteggiamento di sfida e si era allontanata da lui. Lo aveva abbandonato e il suo cuore si era stretto in un dolore inimmaginabile, ferito e confuso dalle reazioni della giovane. Un attimo prima Audrey ansimava fra le sue braccia e l'attimo dopo sputava rabbia e gli lasciava squarci profondi nell'anima.

«Perché non glielo hai chiesto?» gli chiese Lucien. «Non dovresti avere paura. Ero nervoso quando ho fatto la proposta a Horatia e non avrei dovuto esserlo.»

Jonathan sospirò. «Ma Horatia è molto più ragionevole di sua sorella. Audrey è...» Le parole gli sfuggirono.

«Selvaggia? Indomabile? Una canaglia di prim'ordine?» gli chiese Lucien con un luccichio malizioso negli occhi.

«Proprio così» concordò Jonathan. Audrey era tutte quelle cose e anche di più. Molto di più.

«Cedric approverà, lo sai. Non devi preoccuparti di questo. Si fida di te più di quanto si sia mai fidato di me.» La voce di Lucien aveva un tono dolce e malinconico che attirò l'attenzione di Jonathan. I due uomini erano venuti alle mani per via di Horatia e alla fine avevano finito per duellare il giorno di Natale. Era stato un miracolo che quel giorno non fosse morto nessuno.

Sebbene fosse confortante per Jonathan pensare che Cedric non si sarebbe opposto al suo matrimonio con Audrey, era la signora stessa che lo preoccupava. Un cameriere di casa Sheridan lo aveva avvertito che Audrey aveva intenzione di imparare l'arte dello spionaggio per diventare una spia. Era ridicolo. Poteva creare un divario tra loro? Un tempo la giovane aveva mostrato interesse per lui, ma ora sembrava decisa a non sposare nessuno, e si lasciava coinvolgere in situazioni sempre più pericolose.

Il bruciore scottante del rifiuto di Audrey lo riportò alle parole di Lucien.

«Non è Cedric che mi preoccupa. L'anno scorso ero così convinto che Audrey desiderasse che io la corteggiassi, ma ora... qualcosa è cambiato.» Gettò lo sguardo nella stanza, cercando risposte e sapendo che non ne avrebbe trovate.

Lucien accese un sigaro e sbuffò lentamente, pensando. «A volte le donne sono convinte di volere qualcosa, ma una volta che è a portata di mano, hanno paura di ottenerla davvero.»

«Ma perché?»

«Amico mio, se lo sapessi, te lo direi.»

Jonathan sospirò e si appoggiò alla sedia. «Se Lady Society afferma la verità, cioè che Audrey non mi vuole, allora non sarebbe una cosa da gentiluomini lasciarla andare?»

Lucien posò il sigaro su un vassoio lì vicino e si chinò in avanti, appoggiando i gomiti sulle ginocchia e stringendo le dita in segno di contemplazione. Poi guardò Jonathan con attenzione. Lucien aveva trent'anni e aveva visto e fatto molto nel mondo. Jonathan, al confronto, era un ragazzino di soli venticinque anni. Si fidava di qualsiasi consiglio potesse offrirgli il suo amico.

«Penso che non dovresti lasciarla andare. Sta soffrendo. È successo qualcosa e lei si sta allontanando. Ma non dovresti. Per Horatia è stato più o meno lo stesso con me. Ho detto cose sciocche, ho fatto cose ancora più sciocche e lei, piuttosto che reagire, si è allontanata da me. È possibile che Audrey si comporti come sua sorella. Ho visto come ti guarda quando pensa che nessuno la stia guardando. Ci sono le stelle nei suoi occhi, ragazzo mio. E se la vuoi, allora prendila.»

Il sorriso di Jonathan era triste. Nutriva troppe sciocche speranze, e lo sapeva. «Stelle nei suoi occhi?»

«È un po' frivola quando si tratta di amore, ma è una vera romantica. È il tipo di donna che salva i gattini dalla pioggia, che cerca di vestire e nutrire gli indifesi e che si batte per ciò in cui crede. Non è dissimile dalla nostra Lady Society, credo.» Fece un cenno con la mano verso il foglio che Jonathan teneva ancora in mano e le sue labbra si contrassero. «Una donna così merita un eroe che combatta al suo fianco e che non tradisca le sue nobili cause. Se tu sei quell'uomo, allora ti dico di seguirla ad ogni costo.»

Jonathan posò il foglio stropicciato sul tavolo, lisciando le pagine mentre ripensava a tutti gli incontri che aveva avuto con Audrey. Da quel primo bacio nella sua camera da letto il Natale scorso a quel pomeriggio nel bordello, quando lei era crollata tra le sue braccia mentre lui la toccava intimamente per la prima volta. Audrey era stata arrabbiata, ferita e fredda, ma in quei primi momenti in cui lui le aveva insegnato il piacere, aveva visto le stelle negli occhi di lei.

«Voglio essere il suo uomo. Il suo eroe, la sua canaglia, qualsiasi cosa lei voglia che io sia.»

Lucien sorrise e riprese il suo brandy. «Ecco un bravo ragazzo.» Quando Jonathan non si mosse, Lucien gli diede un calcio con uno dei suoi stivali. «Non startene lì seduto, vai a cercarla prima che si cacci in altri guai.»

Jonathan si alzò di scatto dalla poltrona e fece cenno a un ragazzo che stava aspettando.

«Prendi il mio cappotto e fai portare il mio cavallo.»

«Certo.» Il ragazzo si allontanò. Jonathan iniziò ad andarsene, ma si fermò sulla soglia della porta.

«Puoi dire agli altri che avevo una questione urgente da sbrigare?» chiese a Lucien.

«Lo farò. Non ha senso dire loro cosa stai facendo, non prima che la piccola canaglia abbia le gambe incatenate, o almeno che sia disposta a farlo. Cedric insisterà per farla sposare, quindi non fare qualcosa di stupido come scappare a Gretna Green.»

«Certo che no. Vorrà un matrimonio come si deve, se non altro per avere una scusa per comprare un vestito nuovo.» Jonathan batté le dita sullo stipite della porta, esitando ancora un istante, e poi uscì dalla stanza. Sì, Audrey e i suoi abiti: quella donna era ossessionata dalla moda. Un sorriso affiorò sulle sue labbra quando decise che, una volta sposati, avrebbe riempito un'intera stanza di bauli, se lei lo avesse desiderato.

Qualsiasi cosa tu voglia, cuore mio, l'avrai, se solo riuscissi a convincerti a dire di sì.

Jonathan attraversò il club. La maggior parte delle poltrone era occupata da uomini che leggevano, anche se alcuni dei signori più anziani stavano dormendo. Un buon club offriva agli uomini un rifugio dal mondo, dalle loro mogli o da qualsiasi altra cosa stessero evitando. Jonathan non stava evitando nulla, ma era ancora nuovo alla società, e lì almeno non si sentiva mai giudicato. Gli piaceva la compagnia tranquilla del Berkley, soprattutto quando c'erano il fratellastro e i suoi amici.

Scese le scale fino alla sala da gioco. Era una serata piuttosto tranquilla. Solo alcuni tavoli erano occupati, ma Jonathan sapeva che la posta in gioco sarebbe stata alta. All'inizio dell'anno Cedric, il fratello maggiore di Audrey, aveva vinto una coppia di cavalli arabi proprio in quella sala da un tizio che, per vendicarsi, aveva quasi ucciso lui e sua moglie.

Jonathan evitò saggiamente quei tavoli. Non era mai stato uno che giocava d'azzardo, almeno non con i soldi. Il gioco delle carte e i giochi d'azzardo non lo attiravano. Anche se ora possedeva una piccola tenuta di campagna e una casa a Londra, oltre a una discreta fortuna e a una rendita costante datagli dal fratellastro, non riusciva a trovare il coraggio di rischiare anche piccole somme ai tavoli da gioco. Aveva trascorso tutta la vita a guadagnarsi da vivere. Il pensiero di buttare via tutto, affidandosi alla fortuna, era una vera follia.

Una voce richiamò la sua attenzione mentre raggiungeva l'ingresso. «Signor St. Laurent!» Un giovane vestito con la livrea della tenuta Lonsdale stava entrando dalla porta principale del club. Riconobbe il ragazzo come Tom Linley, valletto di Charles Humphrey, il conte di Lonsdale, un altro dei suoi amici. Mentre la maggior parte dei valletti rimaneva a casa del proprio padrone, Linley era diventato un compagno di Charles, lo seguiva in giro, sbrigando ogni sorta di commissioni e consegnando messaggi quando necessario.

«Tom?» Jonathan accettò il cappotto dal servitore e si avvicinò a Linley. Il ragazzo aveva gli occhi azzurri spalancati e le sopracciglia aggrottate dalla preoccupazione.

«È una fortuna avervi trovato, signore. Sua Signoria mi ha mandato al club di buon'ora per vedervi tutti. È da Tattersall, ma ha ricevuto un messaggio dalla signorina Audrey Sheridan. Di solito non divulgherei il contenuto di una lettera privata...»

«Ma sentiva di doverlo dire a qualcuno?»

«Non qualcuno... *voi*» insistette Linley. «Lei - la signorina Sheridan, cioè - avrebbe dovuto chiedere a Sua Signoria di accompagnarla in un locale malfamato stasera, ma nella lettera diceva di non aver più bisogno di lui.» Linley si mosse inquieto.

«E tu sei preoccupato?» Jonathan indossò il cappotto e i guanti.

«Ho paura che vada comunque. Perdonatemi se lo dico, ma voi sapete com'è fatta, signor St. Laurent. Ha un carattere forte e ostinato.»

«Fin troppo bene» disse Jonathan, sospirando. «Sai dove avesse intenzione di andare?»

«Sì.» Linley gli porse un foglietto con un indirizzo. «Fate attenzione, mio signore. È un *hellfire club*, pieno di uomini cattivi, così dicono. La signorina non può andare lì da sola.»

Un *hellfire club*? Quella donna era impazzita? Un nodo di paura gli attanagliò lo stomaco. Era una cosa molto più azzardata di tutto ciò che Audrey avesse fatto fino a quel momento. Perché mai lo avrebbe fatto?

«Hai ragione. Grazie, Tom!» Nonostante il cuore gli battesse forte, Jonathan cercò di rimanere apparentemente calmo, mentre dava una pacca sulla spalla al ragazzo e se ne andava.

Era molto presto e da un momento all'altro gli altri amici avrebbero bevuto qualcosa nella Bombay Room. Le mogli di tutti gli uomini sposati stavano cenando, ma Audrey stava sfruttando quella serata come un'opportunità di fuga.

Senza dubbio pensa che non ci sarò per scoprire che è scappata di nuovo. Non dovrei essere sorpreso, davvero non dovrei.

Ma aveva sperato che il loro incontro del pomeriggio potesse tenerla lontana da altre avventure, almeno per qualche giorno. Ora Jonathan sospettava che l'avesse solo stimolata di più. Trovò il suo cavallo ad aspettarlo e tornò a casa sua in Half Moon Street. Il suo maggiordomo lo accolse calorosamente, ma quando vide Jonathan accigliato, si rabbuiò.

«Posso fare qualcosa per aiutarvi, signore?» gli domandò il signor Leigh.

«Chiama una carrozza. Devo raggiungere subito il quartiere di Temple Bar.»

«Lo farò subito.» Il signor Leigh uscì dalla stanza e Jonathan si diresse verso la sua camera. Louis, il suo valletto, stava lucidando un paio di stivali. Quando Jonathan entrò, il giovane si alzò dalla sedia accanto al camino e si inchinò.

«Buonasera, Louis. Mi servono una camicia, un panciotto e dei pantaloni. Tutto nero.»

«*Tutto* nero?» chiese il giovane, inclinando la testa, perplesso.

«Sì.» Sulle labbra del valletto si leggevano altre domande, ma fortunatamente non aggiunse altro. Jonathan non voleva rivelare che quella sera si sarebbe infiltrato in un *hellfire club*. Anche se ancora non sapeva come potesse fare. L'avrebbe capito una volta arrivato lì. Aprì il cassetto della cassettiera e afferrò una pistola, un'abitudine che aveva preso dopo che, nell'ultimo anno, diversi suoi amici erano finiti in situazioni pericolose. Quella sera sarebbe stato saggio portarla, nel caso si fosse trovato nei guai, il che, dato che Audrey era coinvolta, era quasi una certezza.

Dopo essersi vestito, si precipitò al piano di sotto e salì sulla carrozza in attesa. Quando il veicolo raggiunse il quartiere di Temple Bar, pagò l'autista e si affrettò a passare davanti al negozio di tè *Twinning* e alla *Corte Reale di Giustizia*. Trovò la casa a schiera che corrispondeva all'indirizzo che Linley gli aveva dato e si guardò intorno, aspettando che si presentasse un'occasione. Non sarebbe riuscito a entrare facilmente, non dalla porta principale. Era probabile che i membri del club avessero parole d'ordine o altre sciocchezze del genere per impedire agli estranei di entrare.

Jonathan si infilò nel vicolo tra la casa e l'edificio accanto e trovò l'ingresso della servitù. Scommise con sé stesso che quella porta poteva essere aperta. Arricciò le dita intorno alla maniglia e la aprì delicatamente per rivelare una cucina. Una cuoca grassoccia con un grembiule unto stava rimestando il contenuto fumante di una pentola, borbottando tra sé e sé: «Dannato gatto. Che cosa se ne fanno questi signori? Secondo me, non sa catturare neanche i topi.»

Jonathan scosse la testa e si concentrò per scivolare dietro la cuoca senza essere visto. La donna smise di mescolare e si asciugò la fronte, poi si raddrizzò per voltarsi. Era quasi arrivato alla porta che conduceva al resto della casa quando lei lo vide.

«Ehi! Che cosa ci fate qui?»

Jonathan si bloccò e si voltò a guardare il volto della cuoca scontrosa. «Sono in ritardo e ho paura che non mi facciano entrare. Pensavo che se mi fossi intrufolato nelle cucine...» *Ti prego, Signore, fa' che funzioni.*

La cuoca sfoggiò un sorriso a denti stretti. «Siete nuovo, vero? Siete più bello degli altri. Quei capelli chiari, quegli occhi verdi... scommetto che le ragazze vi adorano, vero?»

«Sì, a volte.» Jonathan deglutì, pregando che quella donna non capisse il suo inganno. Ma sembrava che le piacesse. Il suo aspetto era sempre stato un vantaggio. Persino le ex amanti di suo fratello maggiore avevano voluto portarlo a letto, non che Jonathan avesse mai osato dirlo a suo fratello. Il Duca di Essex aveva un gancio destro potente.

«Bene, allora andate. Non vorrete fare tardi per la cena. Avrete bisogno di una di queste.» La cuoca si chinò, aprì un armadietto accanto ai fornelli e tirò fuori una maschera con il volto del diavolo dipinto sopra. Lasciava scoperti solo il naso, la bocca e il mento. Era un travestimento perfetto.

«Grazie.»

«Potete ringraziarmi con un bacio» suggerì la donna, sbattendo le ciglia.

«Più tardi, ve lo prometto» e lui invece le rivolse un sorriso irriverente.

«Non così in fretta. Mi pagherete adesso.» Sventolò la maschera fuori dalla portata del giovane.

«Molto bene, signora tentatrice.» Jonathan si chinò per baciarle rapidamente la guancia, ma la donna si spostò e gli afferrò la cravatta, tirandogli il viso verso il suo e unendo le loro labbra.

Jonathan, spaventato, fece un balzo indietro e le strappò frettolosamente la maschera di mano prima che la donna potesse pretendere altri baci. La cuoca gli fece l'occhiolino prima che lui si allontanasse e, con discrezione, si pulisse la bocca sulla manica del cappotto.

Buon Dio, Audrey, è meglio che tu valga tutto questo.

Ma Jonathan sapeva che valeva la pena pagare qualsiasi prezzo.

Indossò la maschera e fece un passo nel corridoio. All'ingresso c'erano degli uomini che bevevano pesantemente. Tutti indossavano degli abiti neri e maschere come la sua. Jonathan si guardò intorno, con il cuore che batteva all'impazzata mentre cercava Audrey, ma nella stanza c'erano solo uomini. Dov'era? Forse poteva sgattaiolare via e cercare nel resto della casa?

Una voce squillante giunse dalla scalinata. «Benvenuti, signori!» Jonathan si nascose dietro gli uomini che bevevano mentre studiava l'uomo che scendeva i gradini per salutarli.

«Come Signore della Lussuria, stasera vi do il benvenuto al nostro banchetto satanico.» L'uomo teneva in braccio un gatto nero. Le orecchie dell'animale erano appiattite sulla testa per la paura e la furia, ma non artigliava né soffiava come Jonathan si aspettava. L'uomo che lo teneva in braccio, il cosiddetto Signore della Lussuria, aveva una voce familiare, ma Jonathan non riuscì ad associarla a qualcuno.

«Langley, dico...» iniziò un uomo ubriaco. «Avete trovato finalmente quella Lady Society? Avevate promesso di...» L'uomo singhiozzò. «Mi piacerebbe sollevarle le gonne e...»

Il Signore della Lussuria mormorò. «Non c'è bisogno che vi ricordi, Signore del Vino, che dobbiamo rivolgerci l'uno all'altro con il nome del *peccato*, non con il nostro vero nome. Deve essere preservato l'anonimato.»

Il Signore del Vino ridacchiò. «Oh... giusto. Beh, l'avete trovata, Lussuria?»

L'uomo sospirò, sentendo chiaramente che la sua teatralità stava perdendo colpi. «Sì!»

Langley... Jonathan conosceva quel nome. Gerald Langley era un ridicolo sciocco ma pericoloso, che di recente era stato esposto pubblicamente per la sua crudeltà e la sua malvagità.

E la donna che aveva trascinato il suo nome nel fango era Lady Society.

«Allora, dov'è?» chiese un altro uomo.

«Sta arrivando. Le ho mandato un invito a cui non ha saputo resistere. Crede stupidamente che avrà la meglio su di noi. Per ora, suggerisco di sistemarci tutti in sala da pranzo per bere qualcosa in attesa del suo arrivo.»

Il gruppo di uomini si spostò in una sala da pranzo decorata in modo macabro e prese posto a tavola. Erano state accese decine di candele e la cera gocciolava, conferendo un'atmosfera gotica a tutto l'ambiente. Il 'Signore della Lussuria' si sedette e il gatto nero soffiò e saltò giù dal tavolo, sfrecciando nel corridoio.

«Dannato gatto!» imprecò Langley, prima di versarsi un calice di vino. Si appoggiò allo schienale, con un lieve sorriso sulle labbra, osservando i suoi adoratori. Quando gli altri lo raggiunsero, Jonathan prese un calice e bevve solo un sorso, cercando di mimetizzarsi. Perché Audrey era andata proprio lì? Non aveva certo una missione per spiare quegli uomini! Non erano pericolosi, almeno non per la Corona. Alcuni *hellfire club* erano noti per causare problemi e incitare la violenza nelle strade, persino le rivolte, ma da quello che sembrava, il club di Langley era solo un'occasione per gli uomini di sguazzare nella dissolutezza.

Allora perché Audrey aveva scelto quel posto? Poi capì. Quella sera Langley aveva attirato lì Lady Society. L'infame editorialista che con la sua penna aveva danneggiato chi riteneva lo meritasse.

Se Audrey era amica di Lady Society, questo avrebbe spiegato tutto dell'articolo di quel giorno. Jonathan avrebbe voluto ringhiare. Una volta trovata, l'avrebbe portata al sicuro da quegli uomini e l'avrebbe sculacciata; poi avrebbe potuto stringerla a sé e tirare finalmente un sospiro di sollievo.

La porta della sala da pranzo si aprì e il maggiordomo fece entrare un nuovo membro. C'era qualcosa di familiare in lui. Camminava con una postura alta ed eretta che parlava di nobiltà tramandata da antiche stirpi. Non aveva nulla a che vedere con gli uomini a quel tavolo, i rudi e insensibili ruffiani con abiti eleganti ma senza un briciolo di nobiltà. Tenne d'occhio l'uomo.

Il nuovo arrivato sorrise ad alcuni membri impegnati a raccontare barzellette sconce e, anche se il sorriso sembrava forzato, Jonathan lo riconobbe, o almeno pensò di averlo fatto. Era James Fordyce, il conte di Pembroke? Sicuramente non era un membro di quel club! Aveva più buon senso di così, ed era un uomo buono, troppo buono. Era un amico del Circolo delle Canaglie, ma ritenuto dal Circolo troppo gentile e di buon cuore per esserne membro. Sicuramente il

Circolo non lo aveva giudicato male. Jonathan lo apprezzava immensamente e il suo istinto di solito non sbagliava.

Allora perché James era lì? L'uomo, se era James, si avvicinò e si sedette di fronte a lui. I loro occhi si incrociarono per un istante, ma nessuno dei due parlò.

«Signori!» Il grido di Langley mise a tacere le storie e le risate. Jonathan si voltò verso Langley come tutti gli altri. Con il fuoco che ardeva nel camino alle sue spalle, quell'uomo si stava calando perfettamente nel suo ruolo di adoratore satanico, e sembrava che anche il Signore del Vino stesse entrando nello spirito delle cose. Si alzò dalla sedia, le luci delle candele giocavano con il volto inquietante dipinto sulla maschera. Jonathan rabbrividì per la repulsione.

«Stasera abbiamo preparato un banchetto. Come ho accennato nella riunione precedente, abbiamo diverse ospiti *speciali*, alcune signore che conoscete bene.» Langley fece una pausa per permettere agli uomini di ridacchiare per qualche battuta. Jonathan si irrigidì per la crudeltà nella voce di Langley. *Ti prego, fa' che Audrey sia al sicuro a casa... o in qualsiasi altro posto che non sia questo.*

Langley continuò. «Desiderano partecipare alle arti oscure, e abbiamo due deliziose giovani bellezze vergini che si sono gentilmente offerte di saziare il nostro bisogno di sangue innocente.»

Jonathan si spostò in avanti, cercando di combattere l'impulso di saltare dalla sedia e di uscire di corsa dalla stanza. Voleva solo trovare Audrey e vederla al sicuro da quei bastardi.

L'uomo accanto a lui lo colpì alle costole. «Mi piacerebbe cogliere quel frutto innocente. E a voi?»

Jonathan fece un verso e sperò che gli uomini pensassero che fosse d'accordo, ma tutta quella situazione lo faceva stare male. *Offerte.* Lo trovava altamente improbabile. Se c'era una cosa che gli stava a cuore, era il diritto di una donna di scegliere i propri amanti. Quella notte probabilmente ci sarebbe stata una serie di stupri. Chiunque fossero quelle donne, non erano al sicuro.

Ti prego, fa' che Audrey non sia una di loro. Ti prego, fa' che sia rimasta a casa.

«Siete pronti?» chiese Langley, con un ghigno malvagio appena visibile sotto i bordi della maschera.

I presenti fischiarono e fecero rumore quando le porte della sala da pranzo si aprirono ed entrarono sei signore che presero posto sulle sedie vuote tra gli uomini.

Langley si schiarì la gola. «Miei signori, in qualità di Signore della Lussuria, permettetemi di presentarvi le nostre ospiti. La Signora del Peccato, la Signora della Notte, la Signora del Desiderio Oscuro e la Signora della Camera da Letto.»

Jonathan studiò attentamente le donne man mano che venivano nominate. Ma quando arrivò alle ultime due donne, gli mancò il fiato. Una donna vestita di rosso e una donna vestita di viola sedevano l'una accanto all'altra. Ognuna di loro indossava una maschera, che ne rivelava il volto abbastanza che lui potesse riconoscerle. La donna in viola era Gillian Beaumont, cameriera e amica di Audrey. E la diavolessa in abito rosso era...

«Audrey.» Pronunciò la parola ad alta voce, ma così piano che nessuno lo sentì.

Dannazione. Alla fine era andata. Lei e Gillian. Avrebbe dovuto in qualche modo salvarle entrambe ma quella sera le probabilità non erano a suo favore.

Lanciò un'occhiata a James Fordyce. Aveva intuito la presenza di quell'uomo e pregava di avere ragione. Ma anche se James avesse potuto aiutarlo, erano comunque in inferiorità numerica.

«Ora, ultima ma non meno importante, abbiamo tra noi un'ospite molto stimata. Vi ricordate la penna sprezzante e velenosa di quella puttana che si fa chiamare Lady Society?» urlò Langley. Jonathan si irrigidì mentre gli uomini accanto a lui battevano sul tavolo. Audrey sobbalzò e Jonathan vide i muscoli della sua gola tendersi mentre cercava di rimanere calma.

«Beh, stasera ho preparato la trappola perfetta e ho attirato Lady Society stessa alla mia porta. L'altra sera, a un ballo, mi sono lasciato sfuggire che stasera ci saremmo radunati e che lei non avrebbe voluto perdersi il nostro intrattenimento.»

Il volto di Audrey impallidì e le sue labbra si socchiusero. Jonathan la fissò con orrore e comprensione. Audrey non era lì per aiutare la sua amica Lady Society.

È Lady Society.

E questo significava che tutto quello che gli aveva detto in quella rubrica doveva essere la verità, no?

Un profondo senso di vergogna minacciava di togliergli il fiato ma Jonathan si aggrappò alla sua determinazione. Doveva concentrarsi sul salvataggio di Audrey, subito. Non importava cosa lei provasse per lui; questo non gli avrebbe impedito di fare ciò che era giusto.

Le conseguenze delle crociate di Lady Society la stavano finalmente raggiungendo. E ora Audrey li avrebbe fatti uccidere.

L'AUTORE

Autrice di bestseller per *USA Today*, Lauren Smith è un avvocato dell'Oklahoma di giorno, autrice di sera, che scrive storie romantiche piene di avventura e di tensione alla luce della torcia del suo cellulare. Ha capito di essere destinata a scrivere storie d'amore quando ha cercato di riscrivere l'intero film *Titanic* solo per salvare Jack. La sua passione è legare con i lettori scrivendo storie commoventi, realistiche e sexy, non importa l'epoca. Ha vinto una serie di premi in diversi sottogeneri, compresi: New England Reader's Choice Awards, Greater Detroit BookSeller's Best Awards, e un premio come semifinalista al Mary Wollstonecraft Shelley Award. Nel 2018 è stata finalista del Romance Writers of America Contest.

Per connettervi con Lauren, visitate il suo sito: www.laurensmithbooks.com